手偶侦探团系列　　　［日］如月和佐　著　　　［日］柴本翔　绘

手偶侦探团2

百变舞台剧

[日]如月和佐 著

[日]柴本翔 绘

王莹 译

浙江文艺出版社

目录

手偶侦探团❷

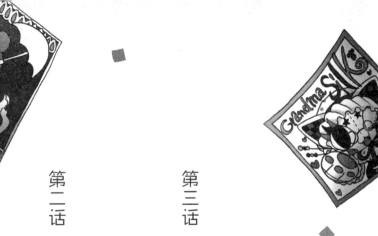

出场人物简介

小俊

和藤俊，本书主人公。因一次意外，成为手偶侦探团的一员。

道尔

言问琉香，胆小的侦探团书记。

福尔摩斯

傲娇自大的兔子名侦探，侦探团团长。

手偶侦探团

男爵

自诩为"斯洛加布家族出身的狼贵族"。

西鲁卡

甚得附近猫咪追捧的人气偶像猫！

小俊姐姐

对弟弟依旧很严格。

布奇

情报通。

隐居老人

年纪最大的西鲁卡粉丝。

里米

藤江里米，小俊姐姐的
朋友，戏剧社成员。

眼镜部长

铜管乐团部部长，
名叫留金。

大胡子老师

初中教师。

第一话

手偶侦探团与离奇失物

前天下雨，昨天下雨，今天早上依旧在下雨。这雨下得没完没了。

所以我才讨厌梅雨天，好不容易到周六，却不能出去玩。

我在屋里无所事事，只能四处乱晃，结果被妈妈发现了。妈妈命令我去收拾自己的房间。她说如果晚饭前没收拾完的话，下个月的零花钱就甭想要了。啊，真是一个蛮横的妈妈！

"真是！我自己的房间，乱一点又怎么了？"

我一边抱怨，一边整理从壁橱里拽出来的箱子。箱子上布满了灰尘，里边放的全是很久很久以前我玩过的玩偶。

我随意地把玩偶从箱子里都拿了出来，看到箱子底部有一只被压扁的小熊娃娃。

"唉？这个，是我的吗？"

我打算拯救这只破旧的娃娃。不过，这娃娃除了脑袋之外，其他地方本来就是扁扁的。

这是一只手偶，可以像手套一样戴在手上，然后用手控制它开合嘴巴或晃动身躯。

我试着把它戴在手上，操控它的嘴巴。当然，没有任何声音传出来。

这才是正常的。普通的手偶不可能自主说话，也不可能自主行动的——如果是普通的手偶的话。

小熊手偶张着大大的嘴巴，一脸傻乎乎的样子。我盯着它看，脑海中浮现出那些不寻常的家伙们。

突然，房间的门被打开了。原来是姐姐进来了。

"我的天！你这屋子跟猪窝一样乱，怪不得老妈生气！"

"你好烦！我这不是在收拾嘛！"

"你要是真的在收拾就好喽。"姐姐耸了耸肩，"对

了，你的电话。一个叫言问的人找你。"

"言问？"

"是的，说是叫言问琉香，说话很干脆，但透着拽拽的感觉。"

啊！我这才意识到，言问就是道尔，最近一直叫她的绰号，都忘了她的真名了。

不过，"干脆"可一点也不像道尔的说话风格啊。要说她的说话风格，应该是"小心翼翼""怯怯懦懦""战战兢兢"吧，干脆且傲慢的话……

我一边走一边想，来到客厅拿起话筒。

"喂，你好。"

"哎呀，还是这么冷淡呀。你这样，我可没法把侦探事务所前台话务员的工作交给你啊，容易坏了来电顾客的心情。"

"果然！我就知道不是道尔，肯定是你福尔摩斯！"我不禁叫道。福尔摩斯似乎有些不高兴，气鼓鼓地说道："什么啊？听你这意思，好像我就不能给你打电话一样！"

"我不是这个意思，只是奇怪为什么道尔不自己说话啊？"

"还不是因为道尔害怕嘛。你讲电话的时候比平时更加凶神恶煞、更加令人害怕呢，所以就由我代替她跟你说喽。"

"我、我哪有你说的那样，福尔摩斯！"

从电话里可以听见道尔似乎很小声地在说什么，但是福尔摩斯压根儿没理她。

"对了，有一件好玩的案子上门啦。还记得咱们之

前帮青条君找吊坠的那个公园吧，请务必现在就到公园里来!"

"什么叫'请务必'？这么急，外面还下着雨呢，怎么去啊？"

我忍不住发着牢骚，可福尔摩斯丝毫不在意。

"雨已经小了，而且连着几天下雨，你在家也很无聊了吧？啊，对了，来公园时记得穿雨衣哦。切记，穿雨衣过来，不要打伞。那么，我们就在公园里等你喽，华生先生。"

"喂，福尔摩斯！我可没说我要去……"

我的话还没说完，福尔摩斯就已经把电话挂了，还是这么自以为是！我盯着话筒，不满地皱起眉头。

不过，它刚才说出现了一件好玩的案子……

我继续盯着话筒。虽然不知道到底是什么案子，不过肯定比收拾房间有意思多了。

"真是拿它没办法啊。"

我立刻回到自己的房间，把散落一地的娃娃们胡乱塞回满是灰尘的箱子里，再把箱子放回壁橱里。有些娃娃塞不进箱子里，我也一并把它们扔进了壁橱里。好嘞，收拾完毕！

这样，只要在我回家之前，妈妈不打开我的壁橱检查的话，应该就不会扣我的零花钱了。那就先这样吧。

接着，我按照福尔摩斯的要求，穿着雨衣出了门。这么突然叫我出来，我等会儿一定要好好吐槽一下。怎么吐槽才好呢？我一边思索，一边迈着轻快的步伐向前走去。

道尔正在公园门口等我。

她依旧戴着格纹帽，眼看马上就要入夏，她却还穿着一身高领长袖的衣服，并且像往常一样打着伞——真是的，福尔摩斯明明跟我说要穿雨衣的！

"喂，道尔！"

我跟道尔打招呼，没想到道尔听到声音立即哆嗦了一下，缩了缩脖子，然后回头看我。只是打个招呼而

已，为什么她能吓成这个样子呢？道尔低着头走了过来，帽子和长长的刘海几乎遮住了她整张脸。

"对、对不起，和藤同学，突然叫你出来，肯定打扰到你了吧？我阻止过，但是福尔摩斯不听我的……"

她一边解释，一边低头看向自己的右手。

道尔的右手上是一只兔子手偶，戴着茶色的帽子，身上穿着一件披风。虽然我看的书少，但这身打扮还是认识的——那部著名小说中的夏洛克·福尔摩斯侦探就是这样打扮的。

兔子手偶抬头看向道尔："道尔，你太客气啦！小俊可是我们手偶侦探团的助手哦。侦探助手陪同侦探开展调查，这不是天经地义的事情吗？"

兔子手偶，也就是我们手偶侦探团的福尔摩斯大人，张着大大的嘴巴，清晰地说道。

这些话并不是道尔假借手偶的嘴巴说出来的，而是手偶凭着自己的主观意识说出来的。

普通的手偶当然不能这样随意活动或说话，但是这只叫福尔摩斯的手偶很特别。

它总是擅作主张，经常搞得道尔不知所措，说的话更是主人的几倍之多。我有时候甚至会忘记它只是一个手偶。

我瞪着福尔摩斯："什么叫天经地义？我可是在百忙之中抽空过来的，还不好好感谢我！"

"哎呀，是吗？"福尔摩斯不怀好意地歪着头，"我还以为你是觉得收拾屋子太无聊了，所以才逃出来的呢。"

"你、你怎么知道我在收拾屋子？"我惊呆了，不禁问道。

福尔摩斯似乎很满意我震惊的样子："呵呵呵，虽然你这一惊一乍的样子我早就见怪不怪，不过还是会让人心情大好啊。不管是你的表情还是你说的话，都令人很愉悦。果然，小俊你很有做助手的天赋呀！"

福尔摩斯每次嘲弄我时总会说什么"你很有做助手的天赋"或者"你真是优秀的助手"之类的话。这个嚣张的手偶，居然认为助手最重要的工作就是对侦探本人及其做的事情感到惊讶、敬佩，并且给予华丽的赞美。

道尔也同我一样惊讶："福尔摩斯，你怎么知道和

藤同学刚才正在收拾房
间呢?"

"哎，我说道尔，
你好歹也是侦探团的一
员，稍微培养下自己的
洞察力吧。这点小事，
一看不就可以猜到吗?"

福尔摩斯的言语之
间满是嫌弃与无奈，不
过却怎么也掩饰不住脸
上的得意之情。

"你看，小俊雨衣
里的衣服沾满了灰尘，
尤其是上衣胸前位置的
那一道黑色的印子，肯
定是抱着落满灰尘的箱
子时蹭上去的呀。"

听福尔摩斯这样一

说，我不禁看向自己的上衣。确实如此，一道黑印子显现在胸前，肯定是刚才把玩具箱塞回壁橱时沾上的。

"一般而言，衣服脏成这样，经过家人提醒或者自己发觉后，都会换下来清洗。但是，小俊却穿着这样的衣服直接跑了出来。所以我猜想他在出门之前应该还在打扫，接到电话后，撂下活儿就过来了。"

福尔摩斯优哉游哉地解释道。我对此佩服得五体投地。

"哎呀，这点程度其实根本算不上推理。据我平常对你的观察来看，最多不过就是你的房间太乱，被父母骂了一通，如果不打扫干净的话，就扣你下个月的零花钱。对吧？"

"为、为什么你连这……"

我拼命将"也知道"几个字咽了回去。对于我惊讶的反应，福尔摩斯很满意，得意地笑了起来。照理说，它只是一个手偶，表情不会发生变化，但我就是隐隐地能分辨出来。

真是的，这家伙总是这样子，每次见面都不好好打招呼，而是出乎意料地来一番推理，让我震惊！

　　——是的，这个手偶不仅与名侦探夏洛克·福尔摩斯有着一样的名字和打扮，还同样有着非比寻常的推理能力。

　　"寒暄就到这里，我们来说说这次的案子吧。"

　　我瞬间来了精神："到底是什么案子啊？特地把我从家里叫出来，应该很好玩吧？"

　　"当然，定不负你的期望。这是一件极其诡异的案件，如果要给它命个名的话，就叫'凭空消失的人'吧。"

　　"凭空消失的人？"

　　我眉头紧蹙，看了看扬扬得意的福尔摩斯，又看向不知所措的道尔。

　　"消失的人，也就是说，有人消失了？"

　　"正是。我不解释了，还是直接看现场来得快。小俊，你看公园里有没有什么奇怪的东西？"

　　"什么奇怪的东西？"

　　要是我说没看见，肯定又会被福尔摩斯嘲笑观察力

不够，这可不行。我聚精会神，努力观察着公园里的一草一木。结果，很快就发现了福尔摩斯所说的奇怪的东西。唉，这次怎么会如此轻易就发现了呢？

这个小公园的正中央放着一把撑开的黄色雨伞。

我指着那把雨伞，问福尔摩斯："为什么那把伞会丢在那儿啊？"

"那儿可不止一把伞，我们走近去瞧瞧。"

福尔摩斯拽着道尔往前走去，我也紧随其后走进公园里。

走近一看，我才发现确实不止一把雨伞。除了雨伞外，地上还躺着一件黄色雨衣和一只孤零零的雨靴。

雨伞、雨衣和雨靴，这是雨天必备的三件套啊，为什么会被丢在这个地方呢？

"这应该不是风吹过来的吧？"

"风肯定吹不动靴子的。而且，最近也没有那么大的风，能把这些东西吹到这里。"

"那会不会是有人不用了，丢在这里的呢？"

"附近明明有垃圾箱，谁会特地跑到公园正中央来

丢呢？"

福尔摩斯当即反问道，我也觉得有些奇怪。

"为什么要把雨伞、雨衣和雨靴一并丢在这里呢？它们的主人到底去了哪里呢？"

"是的，所以我才把它称作'凭空消失的人'事件。这情形怎么看，都是主人留下雨具，然后凭空消失不见了。你不觉得吗？"福尔摩斯故作诡异地说道。

我的脑海里立刻浮现出一幕恐怖的画面：东西的主人在经过公园时，瞬间消失不见，只有雨伞、雨衣和雨靴跌落在了地上……

不不不，这种鬼故事是不可能真实存在的。

我正打算好好检查一下那把雨伞，福尔摩斯突然凑近我的耳边说："还是不要轻易去碰它比较好哦，一个不小心，说不定你也会像伞的主人一样消失不见呢。"

我吓了一大跳，连忙把伸出去的手缩了回来，并提高警惕，紧盯着这充满谜团的失物。

"福尔摩斯，你为什么这样吓他呢？刚才我们碰那些东西的时候，不是好好的吗？没什么异象发生啊。"

"看小俊吓得魂不附体，好玩嘛。"

耳边传来道尔和福尔摩斯小声说话的声音，我这才意识到自己又被福尔摩斯耍了。

"谁害怕了啊?!"

我气不过，朝福尔摩斯和道尔大吼，然后重新查看地上的失物。

"上面有没有写失主的名字啊?"

"雨伞上之前应该有名牌，但被谁拿掉了。从伞的大小和颜色来看，失主应该是个小学低年级的学生，或者是在上幼儿园的小朋友。"

这么一说还真是，不管是雨伞、雨衣还是雨靴，尺码都很小，而且都是黄色的。我之前见过一年级学生就打着这种颜色的雨伞、穿着这种颜色的雨衣和雨靴在路上走。

"雨靴一开始就只有一只吗?"

"是的，在和藤同学来之前，福尔摩斯已叫我在公园里检查过一遍了，并没有找到另一只雨靴。"

这次，道尔解答了我的问题。我不禁双手抱在胸

前，陷入了沉思：在这种下雨天，失主会扔下手中的雨伞，脱掉雨衣与一只雨靴，跑回家吗？

"怎么样，你也好奇吧？为什么有人在下雨天把整套雨具脱下来放在公园的正中央？他本人又消失去了哪里呢？"

"我确实好奇。"我老老实实地点了点头，然后看向福尔摩斯，"那么，有什么我可以帮忙的吗？是去调查失物上的线索，还是像侦探一样去四处查访呢？"

"不不不，我想拜托你的可不是这些。"

福尔摩斯叫了一声道尔的名字，道尔便畏畏缩缩地把左手的雨伞递给了我。

"啊？这把雨伞有什么问题吗？"

"在咱们调查期间，你呢，来替我们撑伞。要想搜查线索，必须召唤出其他的团员。如果道尔撑伞的话，另一只手就不能戴手偶、召唤其他团员了。"

"啥?!"

我不禁喊出声，道尔又吓得一哆嗦。

"你这家伙，你就是为了这个把我叫出来的？"

　　"你才知道啊？就是因为这样，我才再三嘱咐你穿雨衣啊！两只手都举雨伞的话，担心你吃不消。"

　　"真是！你淋点雨怎么了？"

　　"喂喂，说什么呢？我们可是手偶，脆弱着呢，又不像你们这些人类，淋完雨泡个澡就没事儿了。我们淋完雨得清洗，如果清洗的时候被揉得乱七八糟，线松了或者纽扣掉了，你负得起责任吗？"

福尔摩斯叽叽喳喳地说个不停，我实在是受不了。

"我、我知道，我知道了！"

我只能投降，认命地从道尔手里接过雨伞。

"真是的！为什么我要做这种事？"

"呵呵呵，这也是一名优秀助手分内的工作哦，华生先生。"

福尔摩斯满意地说道。华生正是名侦探夏洛克·福尔摩斯的那名助手，福尔摩斯有时候会这样叫我。

我瞪着福尔摩斯狂妄自大的脸，忍不住在心里骂了一句，可惜它完全没有发现。

"好啦！手偶侦探团，调查开始喽！"

我被任命为手偶侦探团助手，是两个月之前——也就是四月份——的事情。那天，我正在街上四处寻找散步途中走丢的小狗莉莉香，于是遇到了正在调查案件的道尔与福尔摩斯。

不过，在这之前我已经认识道尔。道尔的真名叫言问琉香，是在上学期刚开始时转到我们五年级二班的。

言问性格怯懦，班上同学跟她搭个话，她都会吓得一惊一乍，所以我之前都没跟她好好说上一句话，除了上课必需的发言，我也几乎没听她讲过话。

正是真人不露相，就是这样的言问手上戴着一只手偶，在街上四处闲逛。而且，她的手偶居然还趾高气扬地对我说："我可以帮你找狗。"那天，他们着实把我吓得不轻。

至于这个叫福尔摩斯的手偶为什么可以自由行动、讲话，我暂且不知道。或许手偶中蕴藏着某种神奇的力量，又或者道尔身上拥有某种让手偶讲话的超能力，谁知道呢？

我只知道，福尔摩斯的声音经由道尔才能发出，而且除了道尔以外的人戴上手偶，手偶都不能说话。

不管怎样，幸好有福尔摩斯侦探团中的各位相助，莉莉香最后被平安寻回。这本来是一件好事，却没想到埋下了"祸根"——福尔摩斯居然向我索要帮忙找到莉

莉香的报酬。

说是报酬，不过它没要钱，它所要的"报酬"是让我成为它们手偶侦探团的助手！正是因为这前因后果，才有了刚才那幅画面——我成了任由他们差遣的助手。

不过最近，我渐渐发现其实做助手也还不错。

这个侦探团里会说话的手偶并不止福尔摩斯一个，另外还有两个，其中之一正是眼前这只叫"男爵"的狼，它一向以高贵自称。

"怎么回事，这不是下着雨吗？福尔摩斯侦探，吾再三告诫过你，下雨天不要呼唤吾。倘若吾高贵的皮毛被雨淋湿了，你打算怎么办？！"

刚被戴上道尔的左手，男爵便止不住地抱怨起来。它一身灰色的皮毛，穿着一件饰有大领结的黑色礼服，右眼戴着一个奇怪的眼镜。据说这种眼镜还有个专门的称呼，叫"单眼镜"。

每次男爵开口讲话，我就会凑到道尔跟前去，想要确认那男声是不是真的从道尔口中发出来的。没办法，我实在太好奇了。要说福尔摩斯的声音听上去还带点女生腔，男爵的可是地地道道的男人声音。

男爵训斥完福尔摩斯后，立刻转换成欣喜的语调向道尔问好："哦，我的公主大人也在啊！下雨天，您还是这般美丽非凡！虽说太阳藏在了乌云后面，但是只要公主在，世界便永远光辉灿烂！"

"谢、谢谢你，男爵。"道尔怯怯地回答。

接着，男爵看向我："助手一路撑伞，着实辛苦了。为了保护公主大人与吾免受淋雨之灾，还请务必小心谨慎。"

"你这家伙，对我跟道尔完全是两种态度，太'双标'了吧！"

我不满地说道。不过男爵压根儿不理睬我。我本想把雨伞故意歪向一边，让男爵淋淋雨，但转念一想，那样它肯定会咬人，便打消了念头。明明就是个布娃娃，也不知道为什么，男爵咬人特别狠，能让人痛得流出眼泪来。

"所以，又有什么调查需要借助吾高贵的鼻子吗？"

"是的，有件事想请你帮忙呢。"

道尔右手上的福尔摩斯便跟道尔左手上的男爵讲述了整个案件的经过。在这个过程中，男爵就仿佛皇帝在听大臣的报告一般，高傲极了。

"侦探，你还是老样子，净喜欢这些稀奇古怪的案子。不过，地上的气味已经被雨水冲刷干净了，想要以此追踪失主的足迹可以说难于登天。"

"不，你不用帮我们去寻找失主，那太没意思了。我想知道的是失物上有没有什么异常的气味。那些雨没有淋到的地方，多少应该还残留着一些气味吧？"

"嗯，稍等一下。公主大人，请让我离那些雨具近一些。"

道尔连声说"好"，蹲了下去。男爵凑近那些雨具，不时地耸动着鼻子。

"这把雨伞、这件雨衣、这只雨靴，都是同一个人的所有物。每件物品上残留的气味都相同。从气味来分辨，这些物品应该是昨天下午被放在这里的。"

"单凭气味还能分辨出是什么时候放的？"

我惊呆了。男爵仰起头，似乎想要好好展示它令人自豪的鼻子。

"那是自然。助手，休要侮辱吾高贵的鼻子！"

不知道内情的可能会不明就里，鼻子正是男爵的最强武器。

侦探团里的每一位团员都拥有一项超能力，比如福尔摩斯拥有超强的听力，可以用耳朵分辨出周围人心跳的起伏变化；男爵则拥有连警犬都无法媲美的灵敏的鼻子。

"雨伞的把手上有咖喱味，失物的主人肯定是吃完饭后没有好好洗手。"

男爵继续嗅着伞上的气味。

道尔突然轻声说道："啊，昨天学校食堂供应的就是咖喱。"

"是的，是学校食堂供应的那种咖喱的味道。以前，公主大人从学校回到家，身上总是沾着这种味道。"

哇！男爵的鼻子还能区分不同地方的咖喱？我也试着去闻自己的手，别说分辨出气味的不同了，连咖喱味

都没闻到。

"也就是说，失物很可能是在昨天放学回家的路上被人放在这里的。男爵，还有没有其他的线索?"

男爵听到福尔摩斯的拜托，再次耸动鼻子。

"失主似乎还养了猫，雨具上到处都沾着猫的气味。另外，这只雨靴里的水并不仅仅是雨水，还掺杂着自来水。"

"自来水?"我回头看向公园的饮水处，"自来水的气味和雨水的气味有区别吗?"

"自来水需要用药物进行消毒，所以气味不同于大自然中的水。助手，像你那般普通的鼻子肯定闻不出来，而吾高贵的鼻子只消轻轻一嗅，便能知晓。"

男爵又骄傲地挺起胸膛，福尔摩斯在一旁抱着胳膊。

"到底是怎么一回事呢？难道是雨靴里本来就有自来水吗？如果是的话，又为什么会出现这种情况呢？"

福尔摩斯口中念念有词，道尔居然在这时候开口了。

"那个，雨靴里的水，会不会是有谁故意使坏灌进去的呢？雨伞和雨衣，会不会也是被谁抢过来故意扔在这里的呢？"

"恐怕这种可能性很小，公主大人。"男爵干脆地否定道。

"为什么？"道尔有些愕然。

男爵再次看向那些失物："虽然雨水冲走了大部分的气味，吾不敢随便断言，但可以肯定的是，雨具上残留的人类气味只有失主本人的。如果公主大人的推测没错的话，那么，这些雨具上应该还残留着其他人——比如说把它们带到这里来的人——的气味才对。"

"也就是说，我们可以确认这些失物都是失主自己放到这个地方的。"

听完福尔摩斯的结论，推测错误的道尔遗憾地低下了头。

最终，别说找到线索了，谜团反而越冒越多。放学回家的路上，天还在下着雨，某个人却扔下自己撑着的雨伞，脱下自己穿着的雨衣，并且用一只雨靴灌上自来水，放在了公园的正中央。这到底是怎么回事？真是莫名其妙。

"那么，吾先行告辞了。侦探，下次请不要再在雨天召唤吾了。"

男爵说完，便回到道尔的书包里。福尔摩斯依旧保持着双手抱在胸前的姿势，简单地应了一声。

"线索还差太多。道尔，可以帮我叫西鲁卡出来吗？"

"啊？还要叫那家伙出来啊。"

我连忙捂住耳朵。

道尔按照福尔摩斯的吩咐，伸手在包里摸索着。下一秒，一只打扮得像马戏团小丑的白猫从道尔的包里跃了出来。

"喵呜——！哈哈哈！听到召唤，立刻赶到。手偶侦探团人气偶像猫——西鲁卡——登场！喵。"

捂住耳朵也没有用，尖锐的声音冲破了我的耳膜。这就是手偶侦探团的第三名团员——西鲁卡。它是个烦人的家伙，与内向沉默的道尔恰恰相反，聒噪得很。

我正在哀叹的时候，西鲁卡转头看到我，发出一声受惊的尖叫。

"喵呜——！小俊，你竟然和道尔同撑一把伞。你们什么时候关系这么好了，人家一点儿都不知道呢。喵。"

"瞎说什么？这是福尔摩斯的命令，我只是为了不让你们淋雨才撑伞的！说到底，我为什么要跟道尔打一把伞啊！"

"喵呜——！我明白了，小俊不是想和道尔，而是想和人家打一把伞喽？谁叫人家如此可爱动人，小俊喜

欢也是正常的。不过，人家身为人气偶像猫，是不准恋爱的。不然，街上八千只猫知道了可要生气的，喵。"

"都说了不是的，你这家伙能不能好好听别人讲话！"

就是因为这样，我才不爱跟它打交道。它不仅聒噪，还完全不听别人讲话。

福尔摩斯似乎实在听不下去了："西鲁卡，你适可而止，别再拿小俊逗乐了。说正事，公园附近有没有你的熟人？我想知道公园里最近有没有发生什么奇怪的事情。"

"喵呜——！我知道啦，等一下。"西鲁卡转来转去，跳着奇怪的舞蹈，然后指着我身后说道，"那个屋子里有一只人家的粉丝猫。"

西鲁卡指的正是公园对面那座旧房子。我和道尔一起来到房子门口。

"喵喵喵——"

西鲁卡叫唤了一阵，但不见任何动静。

"完全没反应啊。"

"隐居老人是人家最年长的粉丝猫，耳朵不太好使，说不定还没听见呢。"

西鲁卡连叫数声后，粉丝猫终于现身了。它穿过墙上的小洞，来到我们脚边，轻声地叫着。

这只猫瘦骨嶙峋，走路都不太稳当，据说是西鲁卡最年长的粉丝猫——隐居老人。西鲁卡用猫语与它的粉丝热烈地交流了起来。

与男爵的鼻子、福尔摩斯的耳朵一样，西鲁卡的语言就是它的绝技，它可以与猫毫无障碍地交流。

"喵呜——！隐居老人，人家不是来和你谈演唱会的，人家是想问你公园里最近有没有发生什么奇怪的事情，喵。”

看来隐居老人的耳朵是真的不行了。我不禁担心起来。

“喵呜——！这可真是令喵称奇的好主意，演唱会的地点就定在这个公园吧。”

“西鲁卡，快说正事。”福尔摩斯不得不出面提醒。

片刻之后，西鲁卡和它的粉丝猫聊完了。

“喵呜——！隐居老人说没有什么怪事发生呢，喵。”

“真的没什么吗？小事也行。”

"喵，那我再问问。"

西鲁卡再次询问隐居老人。毛发蓬乱的隐居老人深情地眺望着公园的方向，然后跟西鲁卡说了什么。

"喵呜——！隐居老人说，非要说有什么的话，就是之前放在公园角落的那个箱子不见了。喵。"

"箱子？是纸箱吗？"

"好像是的。隐居老人说可能是谁扔的垃圾，附近居民看见后把它清理了吧。它也很好奇里边装的是什么，无奈它年事已高，腰背不好，所以就懒得动弹了。喵。"

听完西鲁卡的话，福尔摩斯陷入了沉思。

道尔谨慎地说道："箱子不是在公园的角落吗，应该跟掉落在公园正中央的东西没有关系吧？"

"不，这也未必。"福尔摩斯意味深长地说道。

我觉得福尔摩斯的这句话不简单："喂，你该不会是知道什么了吧？"

"算是吧，不过还有些事情需要确认一下呢。"福尔摩斯看着西鲁卡说道，"西鲁卡，你的熟人里有一只猫是情报通吧？下雨天它也会收集情报吗？"

"喵呜——！你是说布奇吗？布奇呀，不管刮风下雨，还是白天黑夜，每天都会收集情报哦。喵。"

那只猫我有印象，它是一只来去匆匆的斑点猫，每次哪里有案件，它肯定会第一时间跑来通知我们。

"那太好了！西鲁卡，你知道它的窝在哪儿吗？可以带我们去吗？"

"喵呜——！好的。隐居老人，谢谢你告知我们这些信息，拜拜。"

西鲁卡一边说，一边向隐居老人抛出一记飞吻。隐居老人的尾巴不由高高翘起，大叫一声，声音里充满了痴迷。

"人家开演唱会的时候，一定会第一个通知隐居老人你的，喵。"

不会吧，真的要开演唱会吗？

接着，西鲁卡拽着道尔的手往前走去。为了不让道尔与手偶们淋雨，我尽职地撑着伞跟在后面。

"福尔摩斯，你要是知道了什么，就告诉我们呗。"

我话音刚落，福尔摩斯便回头看着我："小俊，之前不是跟你说过吗，侦探必须在收集完所有证据、做好充分的准备之后，才会公开全部的推理过程，这是一贯的规矩。在我公开之前，你也可以按照自己的想法试着推理看看。虽说你只是个助手，但是打杂之余，培养一下自己的推理能力也挺好的，华生先生。"

福尔摩斯装腔作势地说完，冲我一阵坏笑。

走着走着，雨停了。

真是天助我也！一直跟在道尔后面给她撑伞，弄得我好像是她的仆人一般，我可不愿意。

布奇正在神社的屋檐下躲雨。它一看到西鲁卡就兴高采烈地冲了过来，绕着我们打转。也难怪，这只小猫也是西鲁卡的超级粉丝呢。

　　布奇好不容易冷静了下来，福尔摩斯就附在西鲁卡耳边说了些什么，应该是让它问布奇的问题。

　　"喵呜——！布奇有线索！喵。"西鲁卡与布奇交流了一番后报告道。

　　福尔摩斯满意地点了点头："果然如我所料。那就拜托它带我们去那座房子吧。"

　　我与道尔完全不知道到底是怎么回事，更不知道那座房子究竟是哪座房子。倒是布奇，听到西鲁卡的请求后，满心欢喜地出发了。我也只好默默地跟在后边。

　　我们跟着布奇来到公园附近的一座房子前。房子的

门牌上写着"藤江"两个字。这个姓氏我在哪里听说过，一时却想不起来。

"喵呜——！布奇，谢谢你带我们来呀！喵。"

西鲁卡对布奇挥挥手，布奇开心地叫了一声便离开了，大概又去哪里收集情报了吧。

"西鲁卡，你真是帮大忙了，谢谢！现在换男爵出来吧。万幸这时候雨也停了，它这次应该不会再吹胡子瞪眼地说什么了。"

"喵呜——！收到！喵。"

西鲁卡回到书包里，男爵再次登场。

男爵抬头看向道尔，又打算开始新一轮装腔作势的寒暄，福尔摩斯毫不留情地打断了它。

"男爵，有一件事需要你确认一下，这座房子里有没有沾在雨具上那些猫的气味？"

男爵再次用它引以为傲的鼻子嗅了嗅。

"侦探，你说得没错，确实有，跟雨具上那些猫的气味一模一样。不过这家人身上的气味与失主无一相同。难道说，在雨具上留下气味的猫，并不是失主养的宠物猫吗?"

"是的。这同时也证明了我的推理是完全正确的。"

福尔摩斯略带自豪地说道,我实在有些不耐烦了。

"喂,你能不能解释一下,公园里的那些失物到底是怎么回事啊?你已经全部都知道了吧?"

"也是时候告诉你们了。"

终于肯说了,我松了一口气。没想到下一秒,福尔摩斯突然抬头看向我。

"打个比方,小俊。如果在数九寒天,你看见路边有水桶、胡萝卜和手套,你会怎么想?"

"怎么想?当然是觉得很奇怪喽。"

"穷人不是会做炖菜吗,这些失物应该是做炖菜的材料吧?"

虽然我没有说出个所以然来,但是男爵的推理能力也没比我强多少嘛。

这时,道尔突然轻呼了一声:"难不成是雪人融化了?"

"非常正确,道尔果然厉害!边上毫无推理能力的

两个，好好学着点儿。"

我与男爵不约而同地瞪向福尔摩斯。

不过仔细想一想，确实如此。水桶是雪人的帽子，胡萝卜是雪人的鼻子，而手套就是雪人的手。

"这跟公园里的东西有什么关系吗？"

"如果你知道某个地方曾经有个雪人，那看到水桶、胡萝卜和手套一起掉在地上，也不会感到奇怪，对不对？公园里的失物也是同样的道理。只是原本在那里的某样东西不见了，所以我们才会觉得不可思议。"

某样东西不见了？

就在我百思不得其解的时候，道尔问道："某样东西指的是……"

"正是隐居老人看到的那个纸箱，而且，那里边装的是——"

福尔摩斯说到这里，便不再继续说下去，只是抬头看向眼前的房子。

道尔见状，小声地接了一句："猫。"

"猫？"我皱紧眉头思索了一番，这才恍然大悟。

我看向福尔摩斯，它好像看穿了我的心思："是的，公园那个纸箱里放的是一只被抛弃的猫。我已经让西鲁卡问过布奇了，问它从昨晚到今天，有没有刚开始养猫的家庭。"

　　看着目瞪口呆的我，福尔摩斯开始解释。

　　"小俊，你应该已经明白了吧，雨具的主人在放学回家的路上发现被扔在公园角落的小猫，他本想领回家养，但是知道爸妈不会答应，无奈之下只好放弃。为了不让小猫淋雨，他便把自己的雨伞撑在了纸箱上。"

　　接下来的事情，不用说我也知道了。雨伞太小，根本罩不住纸箱，所以他便把雨衣也留下了。她尽自己最大的力量守护着小猫。

　　"那雨具上沾有猫的气味，也就可以理解了。但是侦探，雨靴怎么解释呢？雨靴可没法挡雨啊！"

　　"男爵，这个问题还是多亏你，我才明白的哦。你说靴子里有自来水，对吧？我猜它多半是用来给小猫喂水的容器。"

　　"容器？雨靴？要说喂水的容器的话，应该有比雨

靴更合适的东西吧？"

"没有了。你想一下，他是在放学回家的路上发现小猫的，身边的东西有限。帽子不能盛水，更不可能把书包掏空来装水吧？而且，如果容器太深的话，小猫反而不容易够着了。"

确实，我仔细回想着自己书包里的东西。如果是在放学回家的路上，还真没有适合给小猫喂水的容器。情急之下，失主便脱下了一只雨靴，自己赤着一只脚回了家。

"说不准，失主本来打算回家后再拿一把大伞或者更合适的喂水容器过来，但是有事情耽搁了。"

"不对！等一下，福尔摩斯。"我打断了福尔摩斯，"公园里有长椅。如果不想让小猫淋到雨的话，根本不用什么雨伞、雨衣呀，直接把箱子搬到椅子下边，不就好了吗？"

"如果把箱子搬到椅子下边，那小猫就不容易被人发现了呀。失主是为了让小猫能够早日找到新主人，才特地辛辛苦苦地把原本放在公园角落的箱子搬到公园正中央的，而事实也说明，多亏了失主的这些心思，小猫这么快、这么顺利就被新主人找到了。"

这时，眼前的门忽然打开了，里面走出一个异常高大的女孩。看年纪应该是初中生，个子却比我姐还高——我姐已经很高了。而且，她那张轮廓分明的脸庞，我似乎在哪里见过。

"你是我老姐的朋友吧……"

"啊，你是小和的弟弟吧！"

对方看着我，同样惊讶不已。她说的"小和"应该就是我姐，因为姓"和藤"，所以简称"小和"——真

是匪夷所思的叫法。

我瞥了一眼旁边的道尔，只见她把两只手上的手偶全藏在了身后，战战兢兢地站着不敢乱动。道尔十分害怕手偶的秘密被人发现，好像在之前的学校，她就因为这些会说话的手偶吃过不少苦头。

我看回姐姐的朋友，这才注意到她的头上趴着一只小猫咪。

"啊，那只猫！"

"它呀，是我昨天傍晚在附近公园里捡到的。当时它已经奄奄一息，我赶紧带它去看了兽医，万幸现在已经没事啦，可活泼了！"

小姐姐爱怜地看向头上的小猫，笑嘻嘻地说道。

"这只小猫被人放在箱子里扔掉了，幸好有个好心人用雨伞和雨衣给它做了个避雨棚。我必须得好好谢谢这个好心人。这不，雨终于停了，我想着好心人也许会回来取自己的雨具，正要去公园看看呢。"

听小姐姐道清原委，我不禁心生敬佩。福尔摩斯这次的推理又是分毫不差，句句命中。我悄悄瞥了一眼被道尔藏在身后的福尔摩斯，只见它现在脑袋朝下、脚朝上，可脸上得意的表情怎么都藏不住。

"对了，小和的弟弟，你怎么会在我家门口呢？"

小姐姐似乎觉得有些不可思议。

我顿时慌了，只好语无伦次地回答："哈哈，说来话长，说来话长。"

"助手啊！既然你认识这个女孩，为何不向公主大人介绍一下？还是这么不懂礼貌。"

男爵竟然从道尔的身后冒了出来。

"你这个笨蛋，谁叫你出来的？"

我大声骂道。道尔的面色变得惨白，连忙把男爵藏到

身后。

但是，为时已晚。

小姐姐兴奋地盯着道尔："不是吧？不是吧！不是吧？！刚才的声音是你发出来的吗？简直跟男人的声音一模一样啊，你难道就是传说中的模仿大师吗？"

"呃，这个……那个……"

道尔的声音听上去下一秒就会哭出来，大概是太慌乱，她甚至忘记了逃跑。

我在一旁实在看不下去，指着小姐姐的身后大喊道："啊！那是什么？"

"什么？该不会是宇宙派来的侵略者吧？"

小姐姐兴致勃勃地顺着我手指的方向回头看，还挺配合，哈哈！

"趁现在赶紧跑呀，道尔！"

我抓起道尔的手跑了起来。

"嗷嗷嗷！快放开，助手！吾高贵的鼻子要断送在你手里了！"

男爵的抱怨声传来，但此刻我实在没空搭理它。

突然，我意识到一件事：今天大部分的时间，我都只是在给道尔打伞。真是，好歹也算是侦探团的助手，像样的事情却一件都没做。

　　我不禁叹了口气。男爵一边气急败坏地叫着，一边挣脱了我的手，最后还不忘咬了一口。

　　"疼疼疼疼疼疼！你这只笨狼，你要干什么？"

　　"不知好歹！竟敢胆大包天，抓吾的鼻子！"

　　"我是在救你好不好？这点小事忍一会儿就好了啊。再说了，要不是你多嘴，我们至于这么狼狈吗？"

　　男爵气愤地嚎叫一声，我也不肯认输地怒视着它。道尔想要阻止我们却又不知所措。福尔摩斯在一旁如看戏一般，一边看还一边吃吃窃笑。

　　手偶侦探团的每次行动大致都是这样的感觉。

　　姐姐向妈妈告状，说我收拾屋子收拾了一半就逃出去玩。结果，我一回家就被妈妈骂了个狗血淋头。她让

我必须在晚饭前收拾完屋子，否则没收零花钱。

哎呀，幸好还有一点缓和的余地。真是太危险了。

离奇失物案件圆满结束。

可是，周一傍晚，放学回到家的姐姐突然光临我的
房间。

"听说上周六你见到了里米？"

里米是谁？

我是丈二和尚摸不着头脑。

姐姐没好气地解释道："之前你见过的，我的朋友，全名叫藤江里米。短发，高个儿，大嗓门，总喜欢给人起外号。"

　　啊，原来是收养公园里被遗弃的小猫的那个小姐姐。

　　我刚想起来，却被姐姐接下来的话吓了一大跳。

　　"听里米说，你的女朋友还是个手偶达人哪！"

　　"说什么呢?!"我用尽最大力气吼了回去，"什么女朋友，道尔只是我的朋友——更准确地说，是同班同学！"

　　"是吗？可里米告诉我你们是手拉手回家的哦。算了，这个也没什么大不了。"

　　"什么叫没什么大不了？必须解释清楚，凭什么说那家伙是我的女朋友！"

　　"闭嘴！"

　　我的后脑勺被姐姐赏了一拳头。真是一个暴力狂！

　　"总之呢，里米有件事想拜托那位手偶达人，想让你明天放学后把她带到里米家去。"

　　大事不好，如果里米的请求与手偶有关，道尔肯定不愿意。我还是趁早拒绝为妙。

　　"不行不行，那家伙胆小如鼠，怕见生人，肯定不愿意去一个陌生人家里的。"

　　"可我跟里米说了，一定会让你带她过去的。而且，里米好像确实很苦恼。所以，你负责说服那个女孩并且顺利地把她带到里米家。交给你了！"

　　"等、等一下！老姐！"

　　姐姐直接无视我的哀求，径直回了自己的房间。

　　这下事情越来越棘手了。若是违背姐姐的命令，后面就不是一记拳头可以解决的事情了。没有办法，只能想办法带道尔去里米家了。可这事也不好办啊，唉！

　　房间里只剩我一个人。我想啊想，却怎么都没有想到合适的方法。

第一一话

手偶侦探团之打入敌人内部

　　周二放学后，我和道尔来到了里米的家。

　　里米去给我们拿点心的时候，之前那只小猫跑来与我们嬉戏。里米给小猫取名叫"小番茄"，据说是因为它当时被丢在一个装番茄的纸箱里。

　　喵喵喵，小番茄一个劲儿地叫着。我本想叫西鲁卡出来翻译一下，可道尔一直在紧张地哆嗦，仿佛下一秒就会哭出来一样，我只好作罢。看来，道尔非常担心，不知道里米会拜托她什么事情。

　　之前我跟道尔讲这件事的时候，她爽快地答应了。没想到现在却是这副表情，我有些意外，觉得自己仿佛做了什么坏事。

　　"久等啦！哎呀，小番茄好像很喜欢小和的弟弟嘛！"

　　里米把点心和果汁摆在桌子上。小番茄一看见新主人的身影，便飞奔过去，在她脚边蹭来蹭去。

　　"哈哈，小番茄，是不是哪儿痒呀？"

　　里米笑嘻嘻地将小番茄抱在怀里，然后坐到我们对面。

　　这时我突然想起一件事，便问里米：

　　"对了，你后来见到那个给小番茄雨伞和雨衣的好心人了吗？"

"没呢，不过倒是见到了她爸爸，她爸爸来取的雨伞和雨衣。听说那个小孩发烧了，说下雨前一天身体就不舒服，那天淋着雨回家后，重感冒就发作了。"

据里米了解到的信息，那天小番茄的救命恩人本想再给它拿点吃的并给它换一把大伞，可重感冒后，家人根本不许她出门。而且她的父母非常讨厌弃猫，她也不敢提小猫的事。

"我托她爸爸转告她，如果感冒好了，一定要来看看小番茄呢。"

里米笑盈盈地说道，然后突然想起了什么。

"对了，还没有好好跟你们自我介绍一下呢！我是小和的同学藤江里米，学校戏剧社的。谢谢你们今天能来哦，你们随意点，叫我里米就好啦！"

里米眨眨眼睛说道。不过，对一个比我们足足大三岁的初中生，这么叫合适吗？

原来是戏剧社的啊，怪不得她平常说话都舞台范儿十足呢。

接着，我也重新打招呼："我是和藤俊，这是我的同班同学道尔，呃，不对，是言问琉香。"

"你、你好。"

道尔不安地点了点头。

"道尔?"

里米有些不解，歪着脑袋想了一想。

"啊，言问琉香的日语发音是'kotodoi ruka'，取中间的一部分就成了'道尔'。那以后我就叫你'小俊俊'，叫你'小道尔'啦。"

才这么一点时间，她就给我们取好了绰号，看来姐姐说里米喜欢给人取外号是真的。

"今天叫你们来不为其他，是有事要拜托你们——特别是请小道尔帮忙。"

道尔立刻瑟缩了一下。我停下拿点心的手，抬头看向里米。

里米把小番茄放到头上，接着说了下去。

"说来话长，我参加的戏剧社每年这个时候都会去附近的幼儿园表演话剧，或许你们小时候就看过呢。这可以说是戏剧社的传统活动，已经持续了几十年，深受

幼儿园小朋友的喜爱，然而……"

里米的嗓音低沉了下来，头上的小猫也跟着垂下了尾巴。

"没想到今年戏剧社的成员居然只有我一个人！这样的话，一般的话剧肯定是表演不了了。但是，我不能让前辈们的传统活动在我这一辈断档。最近，我一直在冥思苦想，看有没有什么方法可以继续表演。直到那天看到小道尔的手偶，我顿时灵光乍现，这才有了主意。"

里米的说话腔调越来越戏剧化，她头上原本垂头丧气的小番茄也变得神采奕奕，好像在配合她的演出一般。

"是的！如果表演手偶剧的话，哪怕社团成员少也能勉强进行。不过一个人还是很困难，而且我本身也没有表演手偶剧的经验。这时，就需要小道尔你啦！"

"啊，我?！"

道尔身体一僵，声音听起来很痛苦。

"说到这里，我想你们大概也知道我想拜托的事了。小道尔，无论如何，请你协助我完成献给幼儿园小朋友们的表演！除了登台外，还请指导我如何操控手偶。"

里米越说越激动，身体都快从桌子那边探过来了。

"指导什么的，我真的不行啊……"

"哈哈哈！小道尔，你不用谦虚，我对你佩服得五体投地。虽然只见识过一瞬间，但是太厉害了，就仿佛手偶自己在讲话一样。"

确实是手偶自己在说话啊。

我在心里默默说道。

"对了，你今天有没有带那只狼手偶？"

"呃，那个……"

道尔求助似的看向我。

"你跟男爵说过里米的事情吧？"

我靠近道尔耳边，小声问道。

"嗯，来之前大概说了一下。"

"那应该不用担心，它也会尽量不让别人发现的。"

道尔看着还是很忧心的样子，我只好连声安慰她。

之前，姐姐只是让我把道尔带过来，我的任务算是完成了。不过我可以肯定，如果道尔拒绝里米的话，我回去还是会被姐姐臭骂一顿。所以，我必须使尽浑身解数让道尔积极配合。再说了，万一之后手偶的秘密被人发现，我帮忙打个马虎眼就好了。

道尔极不情愿地从包里拿出男爵，把它戴在了右手上。刚戴上，男爵就开始用它一如既往夸张的腔调说话。

"哦，这不是我的公主大人吗？能被您召见，是吾的荣幸！那么，那边坐着的就是有事拜托公主的小姑娘吧？"

笨蛋男爵，你难道不会收敛一点吗，就怕别人不发现手偶的秘密吗？

男爵一上来就这样的表现，即使是里米，估计心里也会起疑吧。我不禁在心里默默地骂男爵。

没想到，里米却是两眼放光，没有半点怀疑的样子。

"哇！小道尔，你太棒了！这个声音，你到底是怎么发出来的呢？哦，不，不止声音，所有的一切都很完美，你的演技简直太棒了。手偶就像活的一样!"

"不懂事的小姑娘！一介贫民，竟敢跟吾的公主大人如此亲昵!"

"男爵!"

我本想让男爵立刻闭嘴，里米却抢在我前面开口了。

"男爵？原来是男爵大人呀!"

里米单膝跪地，恭敬地向对面的男爵低下头。我有预感，一场诡异的演出马上要开始了。

"男爵大人，请原谅小女失礼之处。小女名叫藤江里米，里米正是杰里米·布雷特的里米。"

"你竟然知道杰里米·布雷特啊?"

耳边响起一阵欣喜若狂的声音，我不禁看向道尔的左手。不知道福尔摩斯什么时候出现的，还一副理所当然的样子。

"福尔摩斯?! 怎么连你也出来了?"

"啊，小俊你还不知道吧？杰里米·布雷特便是在电视剧中扮演夏洛克·福尔摩斯的演员。他的演技举世

无双，获好评无数，可以说是迄今为止最棒的福尔摩斯扮演者。"

我立刻摘下道尔手上的福尔摩斯和男爵，悄悄地观察里米的反应。

里米还在呆呆地看着福尔摩斯，似乎都说不出话来了。她的表情看起来没有不快，倒更像是被深深地震撼到了。

"天才！小道尔，你简直是天才！竟然可以同时控制两个手偶！我好希望你现在跳级直接升初中，然后到我们戏剧社来呀！"里米一把抓起道尔发颤的手，继续热烈地说道，"小道尔，只要你愿意施以援手，那手偶剧一定会圆满成功的！请务必助我一臂之力呀，小道尔——哦，不，师父！"

"我真的不行……"

道尔再次惶恐地看向我，我也加入了请求的队伍，帮着里米一起拜托道尔。这下，道尔更加手足无措了，竟想向里米头上的小番茄求救。可是小番茄也站在里米这边，一个劲地点头。

最后，道尔终于放弃了，认命般地点了点头。

"谢谢你，小道尔，感谢你的救命之恩！既然决定了，那咱们就来确定演出的内容，然后准备需要用的手偶，下周六开始排练。正式登台演出是在本月最后一个周六，所以排练时间不多不少，正好两周。演出一定要带上男爵大人哦，要不演出节目就定《小红帽》或者《狼与七只小羊》?"

里米欣喜若狂，开始构思接下来的演出计划。我这才松了一口气，幸好道尔接下了这个活，我终于不用被姐姐骂了。

道尔不时抛过来一个幽怨的眼神，但我决定当作什么都没看见。

周六，手偶剧第一次练习。

同学明人给我打电话，约我去学校操场踢足球。

"对不起，今天有点事去不了。"

"小俊，都好久没在放假的时候踢足球了。"

"其实我也很想去啊，但今天真的不行。"

明人的声音里充满了遗憾。说实话，我也很想去踢足球，可事先已经跟道尔约好一起去排练，实在没办法。

为了防止福尔摩斯它们的秘密被人发现，我一早就打算好要陪道尔一起排练的。不管怎么说，最后道尔同意上台表演节目，一半也是因为我恳求她。所以，我责无旁贷。

我和道尔在学校门口会合后，一起出发前往里米家。

道尔左手上的西鲁卡看起来十分不满的样子。

"喵呜——！太匪夷所思了！喵！完全不能理解！喵！人家可是世界级人气偶像猫西鲁卡，为什么不选人家，而选男爵呢？喵！明明人家更加可爱，人家才是知名女演员，人家才是超级巨星！喵！"

"这也是没办法的事啊，谁让里米偏偏就钟情于男爵呢。"

　　"正是如此。西鲁卡，你真是一只别扭的猫。吾对演戏无半点兴趣，然而为平民排忧解难是吾身为贵族的责任，就算费事点也没办法。那个小姑娘应该也是看穿了这一点，才斗胆让吾做主角。"

　　男爵嘴上净是不满，但表情看着完全不是那么一回事。

　　说起来，主角具体要做哪些事情呢？我心中有些疑惑。

　　男爵心情很好，继续说了下去：

　　"眼下，剧目暂未确定。不过既然主角高贵如吾，那必然会是配得上吾的高贵的剧。"

　　"男爵，你还不知道吗？"

　　我有些奇怪。

　　"助手，你这句话什么意思？"

　　"前天里米给我打电话，说是给幼儿园的演出节目定为《小红帽》了。"

　　我一边回答，一边看向道尔。不知为什么，道尔一脸慌张的表情，一个劲地摇头。咦，道尔为什么这么慌

张呢?

　　"公主大人,他刚才说的是真的吗?!"

　　男爵的声音听起来很震惊。

　　"呃,是的。男爵你演的是《小红帽》里的大灰狼。"

　　"吾拒演!"

　　男爵一口回绝。

"公主大人，吾乃高贵狼族中的贵族，竟让吾饰演野蛮的森林之狼，吾之骄傲不允许吾这么做！公主大人，对不住，请帮吾拒绝吧！告辞。"

"等等，男爵！"

男爵说完便自顾自地钻回道尔的书包里。道尔垂头丧气了一会儿，然后有些幽怨地抬头看我。

"都说了要瞒着男爵的……"

"瞒着它又有什么用？反正去了里米家，它早晚是要知道的。"

我也有些郁闷。

这时，西鲁卡迫不及待地插嘴：

"喵呜——！这种时候果然还是需要人家出场嘛！喵！如果男爵不愿意的话，人家乐意之至哟！让人家演吧！喵！"

"西鲁卡，《小红帽》里面的是狼，你可是猫哟。"

"喵呜——！那把狼换成老虎不就好啦！喵！"

"老虎也不像你那样'喵喵'叫啊。"

正说着，福尔摩斯接替男爵的位置出来了。

"哎呀呀，真是拿我们的男爵大人没办法呀。算了，我晚点会说服它的。先说你，道尔，你这表情可不对哟。如果你真的不想出演这个手偶剧，当初何必应下来呢?"

道尔低着头，嘀嘀咕咕地答道："我担心如果拒绝和藤同学的请求，他会把你们的秘密说出去。"

"啊?!"我气急败坏地喝道。

道尔似乎意识到自己说了不该说的，慌张地瞥了我一眼，又赶紧低下了头。

我瞪着道尔喊道："我才不会呢!"

就在这时，道尔的手机响了。她手忙脚乱地把左手上的西鲁卡放回包里，然后从口袋里掏出手机放在耳边。

"你好，我是言问。啊，你、你好……是的，现在正在去的路上。"

电话那端应该是里米。有什么事情呢? 我不禁感到好奇，于是凑过去听。

"真是万分抱歉，你们都在路上了。可是社团里出

了事故，我现在要赶去学校，不好意思，排练得延迟到明天了。"

里米的声音中充满了歉意。

"事故？什么事故？"

听到"事故"两个字，福尔摩斯立马跳了出来。我赶紧想把它哄回去，电话那端的里米倒是一点都不惊讶。

"哎呀，这声音应该是兔子侦探先生吧？手偶都准备好了，看来小道尔还是很上心的嘛！唉，还真是件棘手的事情，可能需要侦探先生帮忙呢。"

"好的，我立刻赶过去。请在学校后门等我。"

"啊？你真的要过来吗？"

"福尔摩斯——"

就在我试图阻止的时候，只听电话那头传来一句"那太好啦，那我在后门等你"，然后便挂断了。

"呃，不好意思。一听到'事故'两个字我就条件反射，一不小心就答应下来了。不过，里米一直坚信我们只是普通的手偶，所以不用担心啦。顾客还在等着呢，我们赶紧出发去里米的学校吧！"

福尔摩斯强行拉着道尔走了。这种情形早已屡见不鲜，我也见怪不怪，只好耸耸肩跟了过去。

对了，刚才道尔是怎么说的？她居然以为如果拒绝了我的请求，我会为了泄愤把手偶们的秘密公诸天下？

道尔这个笨蛋，原来一直是这样想我的啊？真是！我怎么会做那种事！恰恰相反，我一直害怕它们的秘密被人发现，甚至还因此放了明人的鸽子，陪她一起去排练。

最近一直觉得自己跟道尔不似从前那般疏远，原来都只是我自己一厢情愿呀。

我不开心地叹了口气，双手插在兜里，跟了上去。

"啊！小俊俊，小道尔，你们来啦！"

里米果然站在学校后门等我们。一看到我们，她就用力地挥着手。

　　"真是不好意思，不仅推迟了排练时间，还把你们叫到这里。"

　　"没事！侦探一听见有事故，肯定不能坐视不管的。"

　　福尔摩斯抢在我和道尔前开了口。

　　里米似乎还是没有发觉福尔摩斯的异常，一直认为是道尔通过腹语术来控制它说话的。

　　"哇，这口气真的像极了侦探。小道尔，你很喜欢侦探小说吧？"

　　"呃，我挺喜欢，福尔摩斯更加喜欢……"

　　"原来如此，原来如此。这只手偶就是这样的角色设定，对吧？小道尔，你真的很优秀啊，没有剧本就可以这样流畅地说出来。看来，你平日肯定是完全沉浸在角色的世界中，非常认真地在练习。作为一名戏剧社成员，我必须要向小道尔学习！"

　　里米自说自话起来，然后不知从哪里拿出一只小红帽的手偶套在手上。她一边操控手偶，一边用比平时大的声音对福尔摩斯说道：

　　"拜托你了，兔子侦探先生！请一定要帮帮里米！我们戏剧社一直在音乐准备室排练，那个房间的钥匙就放在办公室的钥匙箱里，现在却不翼而飞，而且有人怀疑是里米拿的。"

　　不愧是戏剧社的，里米操控起小红帽来活灵活现的，虽然还比不上道尔，不过已经算是佼佼者了。

　　就在我暗自佩服的时候，福尔摩斯开始对小红帽展开了问讯。

"被怀疑？也就是说最后使用钥匙的人是里米，是吗？"

"是的，不过里米用完后确实把钥匙还回钥匙箱了。但是今天，和我们共用一个音乐准备室的铜管乐团部的部长去钥匙箱拿钥匙的时候，发现钥匙不见了。他把里米叫到学校，气势汹汹地命令她担起责任，赶紧找回钥匙，可怕极了呢。"

毋庸置疑，里米的演技很棒，但我还是希望她能正常一点讲话。现在这样，我只会一直关注她的演技，根本没办法集中精神去了解事件本身。

福尔摩斯倒是丝毫不被干扰，继续问道：

"今天那个铜管乐团部的部长去音乐准备室的时候，教室门是锁着的吗？"

"听说是的。他这样怀疑我，简直不可思议。难道说我在音乐准备室去办公室的路上把钥匙弄丢了吗？"

"确实。那么，从你昨天还回钥匙到发现钥匙丢失的这段时间里，大概有多少人开过这个钥匙箱呢？"

"这个我也说不准呢，应该不会太多。因社团活动用到这个钥匙箱的，除了戏剧社和铜管乐团部之外，只剩一个手工艺社，他们使用家政教室作为活动场所。而且我昨天还钥匙的时候，学校已经快要关门了。今天又是周六，老师几乎都没来过。"

听完小红帽的回答后，福尔摩斯点了点头，然后继续说道：

"最后再确认一下，里米用完钥匙之后确实还回去了，对吧？"

"当然！我可以对天发誓！"

里米终于走出角色，回到了现实中。

福尔摩斯盯着里米看了一阵，然后靠近我和道尔说道："看来里米确实把钥匙还回去了，她的心跳声很平稳，不像在撒谎。"

福尔摩斯的长耳朵是它独一无二的秘密武器，可以听到周围人的心跳声。听说人在撒谎的时候，心跳会加快，我就经常因为这样被福尔摩斯识破。

道尔小声地问福尔摩斯："也就是说，有人偷偷地从钥匙箱里拿走了音乐准备室的钥匙，是吗？"

"如果是这样的话，让男爵去追踪犯人的气味就可以了。不过，我们还是先去现场勘查一番再说。"

就在我们窃窃私语的时候，里米眉头紧锁地说道："我们学校对钥匙的管理很严格。去年，手工艺社因为弄丢了家政教室的钥匙，一度被剥夺过使用活动室的资格。所以必须要找回钥匙，但是我现在根本不知道从何处找起。"

"里米，不用担心，剩下的事情就请交给我们手偶侦探团吧！"

福尔摩斯自信满满地拍了拍自己的胸脯。

里米再次变回小红帽的声音："谢谢你，侦探先生！听你这样说，我就安心啦！"然后，她还让小红帽和福尔摩斯握了握手。

"不过，我们一群小学生在初中校园里四处溜达不好吧？我可不想被学校的老师骂！"

我就是看不惯福尔摩斯自说自话的样子，每次都擅作主张。

手偶小红帽转过头来看着我，张开大嘴说："没关系，我有装备，帮助大家打入敌人内部。"

　　说完，里米狡黠地笑了。

　　　　　　　　🔑

　　我在厕所换完衣服后，便在外边的走廊等着。不多一会儿，道尔从旁边的女厕所出来了。

　　道尔穿着和里米一模一样的初中校服。上身穿一件衬衫，打了一条领带，外面套了一件马甲，下身穿了一条深蓝色的短裙。听说这些是戏剧社的道具服。

　　"不错嘛，小道尔！这样你肯定不会被认出是小学生的。小俊俊……"

　　里米看向我。我的衣服太大，袖子和下摆折了好几层。她盯着看了一会儿，突然跷起了大拇指。

　　"没关系啦！身高是有点不尽如人意，不过人生如戏，全靠演技。只要你演得好，肯定能混过去！"

　　本人天生长得矮，真是抱歉了，哼！

　　接下来，里米带领我们前往戏剧社的音乐准备室。

这是我第一次走进初中的大门。初中校园看上去比小学破旧许多，也不知道姐姐的教室在哪里。我一边爬楼梯，一边东张西望，然后看见正前方的门牌上写着"音乐准备室"几个字。

　　不知道为什么，音乐准备室的门是开着的。铜管乐团部正在旁边的音乐室排练，不时传来阵阵乐器声，热闹非凡。说起来，我们身上穿的衣服就是从眼前的音乐准备室里拿出来的呢。但是钥匙丢了，教室门又是怎么打开的呢？

　　我正百思不得其解的时候，里米及时为我做出了解答。

　　"啊，是这样的。这个音乐准备室与隔壁的音乐室内部是连通的。因为今天无论如何都要排练，所以铜管乐团部的部长跟老师磨了很久，借了旁边音乐室的钥匙，并且从里面将音乐准备室的门打开了。"

　　这时，一个小哥哥蹙着眉头从音乐准备室走了出来。他戴着一副四方眼镜，一看就是一个认真学习的孩子。

　　小哥哥几个大步来到里米面前，开始责问："藤江，你去哪儿了？你到底有没有在认真找钥匙啊？"

　　"当然有啊！我的最强援兵刚刚到达。啊，我给你们介绍一下。这位就是我刚才提到的铜管乐团部的'眼镜部长'，现在上初三。"

　　听到里米的介绍，眼镜部长生气了。

　　"本人行不更名，坐不改姓，大名叫留金！"

　　然后他看看我，再看看道尔，最后将眼神落在我身上，略带迟疑地说道："你说的最强援兵莫非就是这两个人？以前没见过，你们是……初一的？"

　　我有些慌了，竭力摆出初中生的姿态，然后故作深沉地清了清嗓子。

　　"是啊，戏剧社的援兵就是一年级的小道尔与小俊俊。他们还答应参演这次献给幼儿园小朋友的节目哦！"

　　"还真是初一的啊？"

　　多亏里米的一番胡诌，总算勉强过关。不过，眼镜部长好像还未彻底打消疑虑。

　　"现在又没在练习，这个女生怎么套着手偶呢？"

眼镜部长盯着福尔摩斯，皱起了眉头。

"这个……这个是……"

道尔慌乱无措，不知道该怎么回答。

是时候该我出场，想个方法搪塞过去了。我正准备开口，里米再次为我们解释道：

"别看小道尔这样子，她可是手偶小达人哦。小道尔，快让眼镜部长见识一下你高超的手偶操控技术！"

"荣幸之至！"

答话的不是道尔，而是福尔摩斯。

"你好呀，眼镜部长！我叫福尔摩斯，与世界知名侦探同名，现任手偶侦探团团长。"

福尔摩斯看向眼镜部长，开始自我介绍，我们根本来不及阻止。

眼镜部长目瞪口呆地看着福尔摩斯，甚至发不出一丝声音。

真是要命！男爵是这样，福尔摩斯也是这样，这种非常时期就不能像普通手偶一样老老实实地等着吗？我不禁在心里暗暗骂道。

万幸的是，眼镜部长并没有看出端倪。

"怎么样？厉害吧？"里米问。

眼镜部长推了推眼镜，仔细地打量福尔摩斯："厉害！我都惊呆了，差点以为是手偶自己在说话——当然，我知道这是不可能的。"

"这有什么好大惊小怪的？废话少说，我们赶紧说回要紧事吧。"

福尔摩斯刚说完，眼镜部长就有些不高兴了。

"小姑娘，你作为手偶达人的本领我领教过了。不过平常说话的时候，不要用手偶，要自己说，知道吗？还有我年纪比你大，该有的礼貌还是要注意的。"

"对、对不起……"

"哎呀，不要这么古板嘛。小道尔为了能全身心地融入手偶角色中，平日里都是这样通过手偶讲话的，都是为了更加完美的演技，理解一下喽。"

里米真是及时雨，再次适时地帮道尔解了围。因为担心福尔摩斯它们的秘密被人发现，我这才巴巴地陪着过来。照现在的情形来看，我这完全是咸吃萝卜淡操心。

眼镜部长又皱起了眉头："好吧，当务之急确实是找到钥匙。藤江，你到底是在哪里把钥匙弄丢的？你说为了演出，要准备到很晚，我才把钥匙留给你的。早知道会这样，昨天我就该自己把钥匙还回去。"

"我跟你说过了，我已经把钥匙放回了钥匙箱里！"

里米用力地辩解道，不过眼镜部长似乎完全不想再搭理她。

"等一下，眼镜部长。为什么你如此坚定地认为是里米弄丢了钥匙呢？"福尔摩斯问。

"我的名字是留金！"眼镜部长看上去仍然很不满福尔摩斯的说话方式，他瞪着福尔摩斯说道，"理由有两点。首先，我问过办公室的老师，昨天没有一个老师亲眼看到藤江归还音乐准备室的钥匙。"

"不对，虽然叫不出名字，但是我去还钥匙的时候，确实有老师在的。今天周六，说不定那个老师恰好没来呢。"

"这可不好说。还有第二点，在我打开之前，今天没有人打开过钥匙箱。这是坐在钥匙箱旁边工作的老师告诉我的，绝对不会有错。"

啊？我差点惊叫出声。

在眼镜部长打开钥匙箱之前，没人来过的话，那钥匙到底去了哪儿？里米确实也没有撒谎。

"侦探呀，你看，他完全把我当犯人看呢！"

里米抽噎着跟福尔摩斯抱怨。福尔摩斯抬头看向眼镜部长：

"现在的情况确实对里米不利。但是，我觉得不能因此就怀疑她一个人。眼镜部长，你看着里米真诚的目光，还能一口断定她在撒谎吗？"

福尔摩斯的话音一落，里米便直直地盯着眼镜部长，仿佛下一秒，泪水就会从她湿润的眼眶中倾泻出来。不愧是戏剧社的！

"我也、也没说只怀疑藤江一个人，只是，如果有人趁办公室的老师不注意，神不知鬼不觉地从钥匙箱里拿走了钥匙，那就更令人束手无策了。究竟是谁，又是为什么偷走钥匙？这些问题我们没有半点头绪，想找回钥匙简直比登天还难。"

"不不不，未必没有一丝线索哦。"

什么意思？眼镜部长一副难以置信的神情看向道尔。真的假的？里米也是一脸惊愕地看向道尔。明明不是自己说的，却被两个初中生如此热情地注视着，道尔心里有苦难言。

福尔摩斯丝毫不理会茫然的道尔，用手指着音乐准备室的里面。音乐准备室的一半被铜管乐团部的乐器占

用，一半被戏剧社的服装道具占用。

"如果说犯人是为了在音乐准备室里做什么才拿走钥匙的话，那么，这里一定有什么地方与昨天不一样，或者有什么东西丢了。只要我们找到这些，说不定就能找到线索确认犯人。"

"嗯，有道理。"

眼镜部长用手抵着下巴思考了片刻。

"藤江，你去确认戏剧社有没有丢什么东西，我去检查铜管乐团部。"

里米愉快地答道："好嘞！"

两个人正准备一起走入音乐准备室，福尔摩斯突然叫住了里米。

"里米，我想先过去看看钥匙箱，你能告诉我办公室在哪儿吗？"

"办公室就在这栋楼的一楼。小道尔和小俊俊，你们两个人可以吗？要不要我也跟着一起去？"

"不用担心。里米，那音乐准备室就拜托你和眼镜部长喽。"

"明白，团长殿下！"

里米摆了一个敬礼的姿势。

我突然发现，里米比我更像侦探助手呢。算了，我才不羡慕呢。

路上，福尔摩斯让道尔召唤男爵出来。

"不管你们怎么请求，吾是不会去演大灰狼的！"

刚被戴上道尔的左手，男爵便连连叫道。

"安静点！现在不是这件事，是有案子！案子！"
我连忙劝抚。

"案子？"男爵这才注意到道尔的打扮，欢呼道，"这件校服还是第一次见呢！嗯，公主大人不管穿什么都如此可爱！"

"奉承话稍后再说。男爵，你帮我记一下那边戴眼镜的初中生的气味。"

福尔摩斯指着音乐准备室里的眼镜部长，悄声说道。男爵顺着它手指的方向看过去，好像这才意识到自己现在身处何地。

"侦探，莫非我们打入了演员小姑娘的学校内部，正在搜查？"

"是的，具体情况我们边走边说。"

跟男爵解释完了前因后果，一行人刚好抵达办公室前。一路上我们心惊胆战，生怕被人发现是小学生。幸好现在学校里空荡荡的，办公室也只有一位身形强壮的大胡子老师。

假如能直接进去检查钥匙箱的话，那就太好了。不过想想也不可能，大胡子老师肯定会询问，万一被他发现我们不是这个学校的，就麻烦了。我们只好藏在半开的拉门后面，暗暗打量里边的情形。

"钥匙箱应该是那个吧?"

福尔摩斯压低嗓音说道。只见办公室的墙上挂着一个旧木箱，和书包差不多大小，下边贴着一张纸：钥匙用完后，请归还钥匙箱。

"这个钥匙箱好大的霉味，上面的味道跟刚才……"男爵说到一半，又把话咽了回去，然后看向福尔摩斯问道，"也就是说，需要借用吾高贵的鼻子辨别出今天接触过这个箱子的人的气味。"

"嗯，能行吗?"

"小事一桩，根本不在话下。"

钥匙箱离我们还有一点距离，男爵朝着那个方向耸动引以为傲的鼻子，不断点头。

"今天接触过这个钥匙箱的人，除了演员小姑娘之外，还有两个人，一个是刚才的眼镜男，另一个就是坐

在那儿的大胡子老师。"

"啊？真的吗？"

我一时忘记了要压低声音，说完才意识到，于是赶紧调整了音量，再次确认。

"真的只有这三个人吗？"

眼镜部长说，一定是今天有人趁老师不注意，溜进来偷偷拿走钥匙的。我也一直是这样想的，但根据男爵的信息，这就不可能了。

"小俊，你还是一如既往的急性子啊。也有可能昨天里米刚还回来，钥匙就丢了哦。男爵，麻烦你再确认一下。"

"好的，稍等片刻。"

男爵再次朝着钥匙箱动了动鼻子。

"昨天演员小姑娘还钥匙的同一个时间，有一种陌生的气味接近过钥匙箱。"

"那么，那个人就是犯人？"

"现在断言还为时尚早。里米不是说过，除了戏剧社和铜管乐团部，手工艺社也会使用钥匙箱，说不定那个气味只是手工艺社的成员结束社团活动后，来还钥匙时留下的。"

福尔摩斯向我解释完后，又接着向男爵确认。

"你在音乐准备室门口没有闻到那种气味吗？"

"是的，没有闻到。所以可以肯定，至少在昨天和今天，刚才说的那个气味的主人没有接触过音乐准备室。"

"这样说来，这个人应该不是盗走音乐准备室钥匙的犯人。为保险起见，还是跟里米再确认一下。小俊，你给里米打个电话吧。道尔、我和男爵现在手都腾不出

空来。"

福尔摩斯双手捧着道尔的手机递给我。她的手机是触屏智能机，我在道尔的指点下打开，然后给里米打电话。

"喂，我是里米！小道尔，有什么事？我这边没发现任何丢失的物品，也没发现什么异常的地方，你那边的进展如何？"

电话接通后，我连忙把手机递给福尔摩斯。

为了不被办公室里的老师听见，福尔摩斯小声地说："还算顺利。对了，里米，我有件事想跟你确认一下，昨天你去办公室还钥匙的时候，手工艺社的社团活动结束了吗？"

"手工艺社？啊，当时家政教室的灯还亮着，怎么了？有什么问题吗？"

"没什么特别的事。顺便再问一下，戏剧社或铜管乐团部之前有得罪过手工艺社的地方吗？"

"我这边没有，据我所知，眼镜部长那边应该也没有。"

又简单说了几句后，福尔摩斯结束了通话。我接过手机，按下结束键，把它放回了道尔的包里。

"果然如我所料，刚才说的气味是手工艺社的成员昨天留下的。据了解，三个社团之间不存在嫌隙，手工艺社的成员为了找碴故意偷盗钥匙的可能性很小。"

福尔摩斯双手抱在胸前分析道。

"如果手工艺社的成员不是犯人的话，那就没有嫌疑人了。难不成钥匙自己变成蝴蝶飞走了吗？"

道尔问道。

"不，嫌疑人还是有的。"

我和道尔不约而同地发出一声惊呼，一齐看向福尔摩斯，只见福尔摩斯若无其事地说道：

"那就是眼镜部长喽。其实他打开钥匙箱的时候，钥匙还在，但是他偷偷地把钥匙揣到口袋里，告诉老师钥匙不见了——诸如此类的情况。"

原来如此！

——我深感佩服，差点又喊了出来。福尔摩斯赶紧用它小小的双手捂住我的嘴巴。我连忙吞下想说的话，

偷偷瞄了眼大胡子老师，唯恐被他发现。

"不过，为什么眼镜部长要这样做呢？"

"这个嘛，如果是里米弄丢了钥匙，那么戏剧社从此就会被逐出音乐准备室吧。你想一想，那个音乐准备室不大，现在由两个社团共同使用，很不方便。而且说起来，戏剧社只有里米一人，却占据了音乐准备室的半壁江山。从这个角度来说，眼镜部长心存不满，也是情有可原的。"

听着福尔摩斯的解说，我不禁气不打一处来。

眼镜部长口口声声说里米是犯人，事实上却自己偷偷拿走了钥匙。从刚见面开始，他就对我们一副凶神恶煞的样子，没想到竟然这般卑鄙无耻。

这时，男爵突然想起了什么。

"对了，说到眼镜部长，吾隐约嗅到他的口袋里散发着和钥匙箱一样的霉味儿。"

"那就是说，钥匙现在就在眼镜部长的口袋里，对吧？那他必是犯人无疑！福尔摩斯，我们还等什么呢？我们赶紧回音乐准备室拿回钥匙吧！"

我不禁催促道。

"不可。我说了，一切都只是假设而已，不能就此断定他就是犯人。"

"可事实已经摆在了眼前，一切证据都指向眼镜部长！对了，福尔摩斯，你别再多说话了，容易引起怀疑。今天，就让我这个侦探助手来代替你做一天侦探吧！"

"等等，小俊！侦探助手代替侦探进行推理，真是无稽之谈。"

我无视啰里啰唆的福尔摩斯，向音乐准备室跑过去。作为助手，我从没做过像样的事情，偶尔越俎代庖一次，又有什么关系呢？

我一边想，一边兴奋地走上楼梯。

我回到音乐准备室的时候，看见里米和眼镜部长正在里面检查物品。

明明是自己偷走了钥匙，却还在那边假惺惺地卖力寻找，这个眼镜部长的演技绝对秒杀戏剧社的社员！

里米发现我回来了，便抬起头问道：

"小俊俊，你回来啦。怎么跑这么急，气喘吁吁的。"

"我已经知道音乐准备室的钥匙在哪儿了！"

"真的吗?!"

里米惊讶地问道。眼镜部长也惊诧地看了过来。哼，他肯定是怕自己盗走钥匙的事暴露，内心焦急了吧。

我学着平时福尔摩斯的样子，自信满满地点了点头，然后一脸严肃地指着眼镜部长。

"音乐准备室的钥匙，就在那里！"

完美！这感觉真不错！

就在我窃喜的时候，里米目瞪口呆地问道："你是说，眼镜部长拿走了音乐准备室的钥匙吗？"

"是的。眼镜部长把钥匙藏在了自己的口袋里，却告诉老师钥匙不见了。"

　　我原封不动地搬出福尔摩斯的推理。眼镜部长的眉头又皱紧了。

　　"你瞎说什么呢，我为什么要那样做？"

　　"因为如果是里米弄丢了钥匙的话，戏剧社就会被赶出音乐准备室！证据就是，钥匙现在就在你的口袋里。"

　　"你说的钥匙，该不会是指这个吧？"

　　眼镜部长若无其事地从口袋里掏出一把钥匙，钥匙上还有一块小小的蓝色名牌。

"里米，你看！果然不出我所料，音乐室的钥匙就是眼镜部长……"

哎，那是音乐室的钥匙？

我再次看向钥匙上的名牌，只见上面确实是"音乐室"三个字没错。

"咦？不是音乐准备室吗？"

"你应该知道，音乐室和音乐准备室内部是连通的。这把钥匙是我们社团为了能在音乐室练习，向老师求来的。"

说起来，里米之前好像确实说过。那么，男爵闻到的气味其实是这把音乐室的钥匙的，也就是说，刚才的推理从根本上就错了?!

眼镜部长接着不耐烦地说道：

"你知不知道有个词叫'连带责任'啊？确实，如果戏剧社被赶出去的话，我们社团就不用这么挤了。但

是，同时我们也会被牵连，甚至失去音乐准备室的使用权，要不然你以为我现在为什么这么拼命地找钥匙？"

"小俊俊，不能胡乱猜忌人哦。"

我满脸通红。

这时，道尔来到了音乐准备室。看到我失魂落魄的样子，福尔摩斯好像目睹了刚才那一幕似的，开始数落起我。

"真是不自量力！身为助手却想越权做侦探，所以才落得这个下场。"

我无言以对，只能扭过脸去。

"你那个是音乐室的钥匙吗？"

福尔摩斯指着眼镜部长手中的钥匙问道。

"是的，有什么问题吗？"

"那把丢了的音乐准备室的钥匙，以及其他教室的钥匙上，都挂着名牌吗？"

"对，只是名牌的颜色不尽相同，分好几种。音乐准备室的名牌是绿色的。"

"原来如此。"

福尔摩斯小声地应了一声。

里米和眼镜部长再次投入到检查房间物品的工作中去，道尔偷偷地走到走廊上。

"福尔摩斯，你是不是有什么眉目了？"

"嗯，不过在此之前，我想先去办公室的钥匙箱里面确认一下。"

"那，再让出男爵出来吗？"

"站在办公室外面确认一个上锁的箱子里的东西，就算是男爵，也很难准确地一一闻出来。"

我低头看向男爵，只见它不服气地将尾巴甩向一边，不置可否。看来确实如福尔摩斯所说，男爵也做不到。

"而且，我想确认的不只是气味，所以必须得打开箱子看一下。"

"可办公室里有老师在呢。虽然我们瞒过了眼镜部长，但想骗老师太难了，他肯定会发现我们是小学生的。"

我刚说完，福尔摩斯回过头来看我。

"对呀，所以我们现在需要实施诱敌出洞大作战。"

"诱敌出洞大作战？"

我和道尔都不太明白。

所谓诱敌出洞大作战，就是由诱敌者制造骚动，将值班老师引到办公室外面，趁老师去追诱敌者的时候，其他人潜入办公室内调查钥匙箱。

他们该不会是想让我来演这个诱敌者吧？我莫名地感到不安。后来得知不是我，真是大大地松了一口气。

"喵呜——！让粉丝们做这种事，人家实在于心不忍啊！请各位务必顺利脱身，一定不能被抓住！喵！"

三只小猫整齐地站在我们面前，喵喵地回应着西鲁

卡，好像在说"不要担心，交给我们吧"。听西鲁卡说，这三只小猫是兄弟，尾巴由长到短分别是老大、老二和老三。

"那么小猫们，诱敌这个重任就拜托你们啦！"

"喵呜——！祝你们好运哟！喵！"

三只小猫齐刷刷地潜入办公室，紧接着便听见了大胡子老师的一阵惊呼声。

"哇！这些猫是怎么回事？哎呀，这地方可不能爬呀！"

我偷偷瞄了一眼，只见猫咪三兄弟正大闹办公室：老大在办公桌上跑来跑去，老二扯着老师的包，而老三则正对着桌子上的电话机乱按一通。真是无法无天哟。

"住手！快给我住手！你们这些小野猫，真是不可饶恕！"

初中老师的威力与小学老师果然有着天壤之别。只见大胡子老师一边大声怒骂着，一边追着这群野猫飞奔了出去。

大胡子老师并没有发现藏在附近的我们，只是一门心思地追着猫咪三兄弟。

等到他们的身影消失不见后，西鲁卡悄声地说道：

"喵呜——！真的不会被抓住吗？"

"肯定不会被抓住的。你要知道，在短跑这方面，猫的速度可是连奥运选手都无法企及的。快，趁它们诱敌时，咱们抓紧时间调查。"

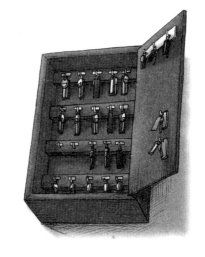

我们连忙潜入空无一人的办公室，径直奔向钥匙箱。丁零丁零，箱子里的钥匙撞击

在一起，发出好听的声音。仔细查看后，可以确认箱子里只少了音乐准备室的钥匙，以及被眼镜部长拿走的音乐室的钥匙。

那么，福尔摩斯为何要坚持亲眼确认钥匙箱里的东西呢？我看着那些带红的、绿的、蓝的名牌的钥匙，不禁暗自疑惑。

"果然不出我所料。"

福尔摩斯又开始念念有词。

"不出你所料？你指什么？"

福尔摩斯并没有回答道尔的问题，只是指着其中一把钥匙。

"小俊，帮我把这把钥匙取下来。"

"啊？这个吗？这是家政教室的钥匙啊。"

"废话少说，快点！"

被福尔摩斯这么一催，我虽然不明就里，却还是乖乖地取下那把家政教室的钥匙装到口袋里。

正准备离开办公室的时候，我听到附近传来猫叫声。我们看向窗外，只见猫咪三兄弟正整齐地摇着尾巴。

"喵呜——！大家都没事儿，棒棒哒！喵！"

至此，诱敌出洞大作战圆满成功！

回到音乐准备室的时候，我们发现里米和眼镜部长正吵得面红耳赤。

"找了一大圈，什么都没找到！藤江，还说不是你！肯定是你弄丢的！"

"都说了不是我！为什么你认定我就是犯人啊？"

"两位冷静一下！音乐准备室的钥匙，已经完好无损地找到了。"

福尔摩斯对着两个人喊道。

找到了？这句话实在太过突然，在场的所有人都是一脸莫名其妙的表情，连一直陪在福尔摩斯左右的道尔和我也是第一次听说。

什么情况啊？

我正想问个究竟，福尔摩斯先说话了。

"小俊，把刚才那把钥匙拿出来吧。"

看到我从口袋里掏出挂着绿色名牌的钥匙，眼镜部长的眉头又紧皱起来。

"这不是家政教室的钥匙吗？你们怎么擅自取出来了？"

"这不重要啦！小俊，你用这把钥匙试着开一下音乐准备室的门。"

又不是匹配的钥匙，怎么可能有用？

虽然我满心狐疑，但还是乖乖照做了。我把家政教室的钥匙插进音乐准备室的钥匙孔里，试着拧了拧。

结果，钥匙竟然轻易拧动了，发出一阵清脆的声响。我惊呆了，正想顺势打开教室的门，却再没反应了。

"什么嘛，这就是家政教室的钥匙啊。"

"等等，小俊俊。钥匙上的标签，看上去倒像是新的呢。"

"什么？拿过来给我看看！"

眼镜部长二话不说，便从我手里夺走了钥匙。

这么一说，与眼镜部长拿着的音乐室的钥匙相比，家政教室的钥匙上的标签确实新一些，与其说新一些，倒更像是刚贴上去的。而且这把钥匙上的名牌也是绿色的，和音乐准备室的相同，莫非……

想什么来什么。眼镜部长撕开钥匙表面的新标签，发现下面果然还有一张旧标签，标签上赫然写着"音乐准备室"几个字。

眼镜部长大吃一惊。

"原来是有人在音乐准备室的钥匙标签上贴了家政

教室的标签！究竟是谁？又为什么要这样做？"

"犯人就是使用家政教室的手工艺社成员哦。"

福尔摩斯干脆利落地说道。

"如果说在眼镜部长之前，今天没有人打开过钥匙箱的话，那他们就是在昨天动的手脚。里米说昨天她还钥匙的时候，只有手工艺社还在搞活动，所以很可能他们是在那之后下手的。总之，除了手工艺社之外，再无第二人有作案动机。"

里米与眼镜部长都以为说话的人是道尔，两个人目瞪口呆地一个劲儿盯着她看。福尔摩斯才不管道尔的慌张呢，只是自顾自地接着说了下去。

"以下是我的推理：昨天社团活动的时候，手工艺社不小心弄丢了家政教室的钥匙。去年他们就曾经因为弄丢钥匙被赶出过活动室，如果被老师发现又弄丢钥匙的话，后果不堪设想。为了掩人耳目，他们就想到用音乐准备室的钥匙来冒充家政教室的钥匙。"

"对了，家政教室里好像有制作标签的机器。"

里米拍了一下手，说道。福尔摩斯轻轻地点了点头。

"犯人提前制作好家政教室的标签，带着去了办公室。他们假装还钥匙，再趁机选择了与家政教室的名牌相同颜色的钥匙，然后贴上假标签，挂在家政教室钥匙的位置上。他们之所以选择音乐准备室的钥匙，应该只是碰巧，因为看见的第一把带绿色名牌的钥匙就是它。"

"真是令人厌烦的巧合。带绿色名牌的钥匙那么多，偏偏选了音乐准备室的这一把。"

眼镜部长没好气地说道。这时，他好像突然想起了什么。

"即使这样煞费苦心，早晚还是会被发现的啊。下周上课要用家政教室的话……"

"是的，所以手工艺社必须在此之前找回钥匙。说不定现在他们就在家政教室里小心翼翼地找钥匙呢。"

眼镜部长立马跑去家政教室一探究竟，里米也紧随其后，我和道尔也跟着追了过去。

家政教室位于最靠里的那栋教学楼的二楼。

眼镜部长推开教室门，里面的五六个学生无不大吃

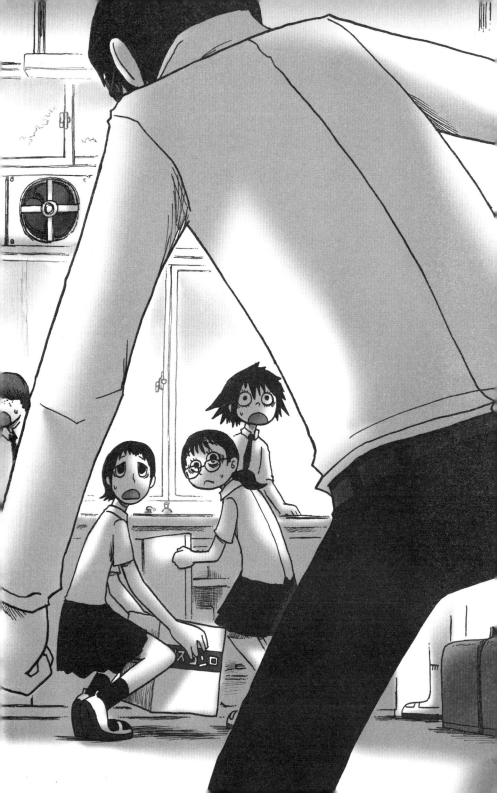

一惊，回过头来看我们。

"看来你的推理是正确的。"

眼镜部长对道尔说道。

福尔摩斯大概也觉得在这么多人面前开口说话不太好，老老实实地藏在了道尔身后。

"我说你们，还记得这个吧？"

眼镜部长拿出音乐准备室的钥匙大声质问，声音听起来很吓人。

手工艺社的成员们面面相觑，其中一个人道歉道：

"对不起，眼镜同学。我们也是走投无路，实在不想再失去这间活动室。"

"你觉得这么说有用吗？还有，我的名字叫留金！"

"好啦好啦，反正钥匙也找到了，就算了吧。"

里米不愿再计较，帮着劝眼镜部长，然后对手工艺社的成员说道："你们的钥匙还没有找到吧？那我帮你们一块找吧！"

"你愿意帮我们吗？"

"当然啦！"

里米一边说，一边走进家政教室。

"里米，你可真是个老好人。手工艺社的，我跟你们说啊，就帮一会儿哟！"本打算打道回府的眼镜部长看着里米热心帮忙的身影，又默默地转回了身。

哈哈，眼镜部长虽然看上去不好相处，实际上却是个善良的小伙子呢。

我正想着也要去帮忙，却看见男爵不知什么时候出现在了道尔的左手上。

福尔摩斯问："男爵，你应该很快就能知道家政教室的钥匙在哪儿吧？"

男爵回答："必须的！钥匙箱的霉味都沾在了钥匙上，我一嗅便知。唔，就在那个橱柜后边。"

福尔摩斯抬头看向我，示意我快去告诉里米他们。

"那个，你们有没有检查过橱柜后边呢？会不会掉在那儿了？"我对手工艺社的人说。

"还没有，应该不会掉那儿的。"

"既然还没有查过，就说明有去确认的价值。喂，你们赶紧一起来帮忙挪一下！"

眼镜部长和手工艺社的几个人一起合力搬开了沉重的橱柜。

里米仔细地查找壁橱背后，开心地大喊："找到啦！"

这一瞬间，男爵露出了迄今为止最骄傲的表情。

找到家政教室的钥匙后，我们和眼镜部长在教学楼楼梯前兵分两路。

下楼梯时，眼镜部长突然叫住里米：

"里米，之前怀疑你是我的不对，对不起！"

看着低头道歉的眼镜部长，里米慌忙摇摇手：

"没关系，没关系！我们倒是应该谢谢帮忙找到钥匙的小道尔。"

"实际上，推理的不是道尔，而是在下。"

"切莫忘了吾高贵鼻子的功劳。"

道尔手上的福尔摩斯和男爵异口同声地开口。

这两个家伙，就算里米和眼镜部长还没识破你们的秘密，也太得意忘形了！

就在我沉思的时候，眼镜部长目不转睛地盯着福尔摩斯和男爵。

"话说回来，你的这些手偶，真是你用腹语术在控制它们说话吗？虽然这样不符合常理，但是我怎么看，都像是手偶自己在说话。"

"呃，那个……"

眼镜部长走下楼梯靠了过来，直直地盯着道尔和她手上的手偶看。道尔不住地往后退。

然而，此时我们正站在楼梯上。我想提醒道尔小心，却为时已晚。道尔双脚踏空，眼看着就要摔下去。

"啊——"

"危险！"

站在下边的里米勉强接住了道尔，身体却失去平衡，和道尔一起摔在了地上。

"好痛、痛、痛、痛！小道尔，你没事吧？"

里米站起身来，道尔连忙低下头不停地道歉。我默

默地摸了摸胸口，放下心来。眼镜部长也松了一口气。

　　"真是一群奇怪的家伙！不过谢谢你们，真的帮大忙了。"

　　一直眉头紧蹙的眼镜部长终于第一次绽放出笑容。

　　刚才里米在接住道尔时好像扭到了手，为以防万一，我们一起去了医院。

　　"人好多，看来得等很久呢。今天是没法练习手偶

剧了，还是从明天开始吧。让你们白跑一趟，真是抱歉。今天多亏了你们，谢谢啦！"

看着里米走进医院后，福尔摩斯问道尔和男爵：

"最后还是没能推掉演出，真的没关系吗？男爵说誓死不出演《小红帽》里的大灰狼一角。"

"没办法，事到如今，只能硬着头皮演了。"男爵在道尔的左手上不情愿地说道，"演员小姑娘为了救公主大人身负重伤，这份恩情若不报答，吾有何颜面立足于世！"

道尔也在一边轻轻地点了点头。

福尔摩斯耸了耸肩："只要你们愿意，我怎样都行。对了，小俊，你从刚才开始就一副无精打采的样子，怎么了？"

"没、没，我才没有无精打采呢！"

我赶紧回答，可这搪塞不了福尔摩斯。看着它皮笑肉不笑的脸，我只好背过脸去，默默地叹了口气。

其实，我是有点沮丧。

总结今天一天，我没做一点有用的事情，之前自信满满的推理是错的，刚才救道尔的也不是我，而是里米。

最近我没有尽到助手该尽的责任，连道尔都不信任我。或许我不够格，里米才是更适合当助手的那个人吧。

好在男爵愿意出演《小红帽》，也算是个好消息。算了，那些乱七八糟的我就不多想了！

我在心里暗下决心，将之前的闷闷不乐统统甩在了脑后。

第三话

手偶侦探团・初登舞台

"唉，今天又玩不成了？"

电话另一端传来明人不满的声音。

"别这样啦，我也很想去的。"

"你昨天也是这样说的。我说，你到底在忙什么
呢？小俊，你接连两天推掉了我的足球邀约啊，简直不
敢相信!"

"我不是故意的，确实有很多事。"

我只好随便搪塞过去。为了保证福尔摩斯它们的秘
密不被人发现，我不能将手偶剧的事情告诉明人。

道尔，虽然你不信任我，可我很用心地在守护你们
的秘密哟。我在心里默默地对道尔说道。

男爵一向以贵族自称，以高贵自诩，它能胜任森林里的大灰狼一角吗？我一直很担心。结果，我担心的事情果然成真了。

　　"哦，亲爱的……啊，不对。你好啊，小红帽。吾乃贵族……啊，又不对——我是住在这片森林里的大灰狼。"

　　男爵练习了好几遍还是没用，台词念得没有感情，而且漏洞百出。亏它好意思在排练前大放厥词，说什么"等会儿你们睁大双眼，准备膜拜吾高贵的演技吧"，我觉得我都能比它演得好。

　　"这个我真是没想到啊。是不是因为平时一直扮演男爵这个角色，所以我很难再投入到别的角色中呢？"

　　看着里米愁眉不展的样子，道尔也只能无力地道歉："对不起。"

　　"没事儿！离正式演出还有很长时间呢，我们有的是时间练习！小俊俊，接下来拜托你啦！"

里米把手搭在道尔肩上，欢快地鼓励道。

"明白！"

我负责《小红帽》手偶剧的旁白部分，只需要捧着绘本在舞台一侧念"在很久很久以前……"之类的台词就好了，跟操控手偶相比，这简单很多，甚至有些无聊。

到目前为止，里米对道尔没有半点怀疑。早知道这样，我就不说要来帮忙了，还能和明人他们一起去踢足球呢。

我正后悔着，男爵又开始了它不靠谱的表演。

"吾……我是住在这个森林里至高无上的贵族——不对，平民大灰狼……"

这个样子，正式演出真没问题吗？

"喵呜——！久等啦！人气偶像猫西鲁卡的特训时间开始！"

西鲁卡又开始胡言乱语了。

我一脸嫌弃地看着它，它竟冲我发起火来：

"发什么愣呢！鼓掌！快鼓掌！"

我只能敷衍地拍拍手。

今天里米有事，本来是不用排练的，奈何男爵的演技没有半点长进，我们商量了一下，决定对它进行特训。

不过，特训有道尔和男爵不就行了吗，而且为什么

还要在我的房间里特训？

这是道尔第一次进我的房间，如果姐姐回来看到，又该胡诌说什么道尔是我的女朋友了。真烦，要是能赶在她回来前结束就好了。

道尔的一只手上是西鲁卡，另一只手上是不可一世的男爵。

"你这只小野猫，一天到晚就知道'喵喵喵'地瞎叫唤。让你来指点高贵的吾，你能行吗？"

"喵呜——！过分，人家可是宇宙无敌超级人气偶像猫哦！人家的演技不输任何人气偶像，喵。"西鲁卡看向窗边，"人家今天是有备而来哟！为了让男爵你正式演出时不至于紧张，今天特地邀请了很多观众。小俊，去把那边的窗户打开。喵。"

"观众？哇！"

按照西鲁卡说的，我打开窗户，却被吓得差点瘫坐在地上。相信我，不管是谁看到这番景象，都会被吓到的。院子里是不计其数的猫，挤得满满当当，全都抬头看着我们。

西鲁卡一从我后面露脸，猫咪军团立刻开始引吭高歌。

"喵呜——！谢谢大家前来捧场！喵！西鲁卡就献上一记飞吻作为感谢啦！啾咪啾咪啾咪——"

猫咪军团叫得一声比一声高，简直要刺穿耳膜了。我看到其中有几只猫甚至因为太兴奋晕倒了。

这种情形我已经不是第一次见了，西鲁卡到底为什么会这么受欢迎呢？我至今仍搞不明白。

"原来如此，很符合你的一贯作风，不错！不过就这么一点观众，身为贵族的吾怎么会紧张。"

"喵呜——！不演一下又怎么会知道呢？话不多说，咱们现在就开始试演小红帽初见大灰狼的场景吧。我来扮演小红帽，旁白就交给小俊了！喵。"

我应了一声，翻开绘本。

"开始喽！小红帽在森林里走着，眼前突然出现了一只凶神恶煞的大灰狼。"

"您、您、您好啊！那个……公主大人……这里的台词是怎么回事？"

"男爵，你不是一般的紧张啊！"

"吾没有紧张！都是因为这群野猫一个劲地盯着看，吾才忘了台词！"

这就是紧张嘛，还摆什么臭架子。

我忍不住在心里吐槽。

"看着吧，吾这次肯定用演技震撼你们！您、您好啊！小、小红帽小姐……呃，你们这群野猫，不要盯着吾看！真讨厌，都没法集中精神演戏了！"

被骂的观众猫们非常不满，朝着男爵喵喵地叫起来。

这样下去不行啊。

我忧心地看向旁边，这才发现不仅男爵，连道尔也紧张得浑身僵硬。

"道尔，你为什么紧张？"

"男爵的紧张传染给我了。"

我觉得道尔就是天生的易紧张体质。不过转念一想，福尔摩斯说过，手偶是道尔身体的一部分，它们与道尔在精神上是连通的。从这个角度来看，道尔说的可

能是真的。

"喵呜——！真是看不下去了。那么，人家就来示范一下大灰狼的正确演法吧。男爵，睁大眼睛看着哟。"

西鲁卡清了清嗓子，一改往日腔调，迅速进入角色中。

"呀！你好，可爱的小红帽！我是住在这片森林里的心地善良的大灰狼，请不用害怕哦。喵。"

哇！我发自内心地佩服。虽然西鲁卡的声音和样子与原来一样，但是看它的说话方式和身体动作，根本就是邪恶的大灰狼本尊。

接下来，西鲁卡不断地在小红帽和大灰狼的角色中切换，向我们展示了它精湛的演技。

"您是善良的大灰狼，那我就放心了。喵。"

"没错，我是善良的大灰狼。小红帽，你这是要去哪儿呀？喵。"

"我要去给生病的外婆送蛋糕和葡萄酒。喵。"

被西鲁卡出神入化的演技震撼到，道尔小声地嘀咕道：

"要不要让西鲁卡来演大灰狼呢?"

"公主大人! 您说的这是什么话? 难道您认为这只野猫比吾更适合登台表演吗?!"

"不、不是的。我只是不想给里米添太多麻烦。"

"西鲁卡演得很好, 但它每句话结尾肯定会带一个'喵'字, 这可不合适。"

如果没有这个后缀的话, 西鲁卡的演技真是无可挑剔。

我有些遗憾。这时, 西鲁卡拍着胸脯说道:

"不用担心, 喵。这点小毛病排练几遍就改掉啦, 喵。可以改掉的! 喵、喵、喵, 唉?!"

——看来是改不掉啊。

特训再次开始, 可男爵还是老样子, 没有半点起色。难道真的要换成西鲁卡或者福尔摩斯来演吗? 我正准备放弃的时候, 道尔似乎想到了什么。

"如果把这只大灰狼的性格设定得更接近男爵一点, 男爵演起来会不会比较容易呢?"

"也就是说要修改剧本吗?"

"呃，嗯。比如说……"

道尔说到一半，又低下了头。

我不禁纳闷起来，这时西鲁卡对我说道：

"喵呜——！小俊，道尔大概是不好意思告诉你，喵。那就只告诉人家吧，喵。"

"吾也要听。"

道尔把两只手偶凑近自己的嘴边，悄悄地跟它们说着什么。

道尔觉得不好意思告诉我，这也可以理解，只是我总有一种被排除在外的感觉。

"这主意实在妙，妙不可言！一定要让吾来演这个角色！"

"喵呜——！不愧是道尔！这个方案更有意思，赶紧去和里米商量一下改剧本吧！喵。"

男爵和西鲁卡对道尔的想法赞不绝口，我反而不安起来。

将大灰狼改成男爵的性格，最后到底会是一出怎样的《小红帽》呢？

我有一种不好的预感。

里米操控的小红帽手偶问大灰狼：

"外婆，外婆，为什么你的耳朵这么大呢？"

"为了能听清楚你说的话呀。"

扮作生病的外婆，蹲下来和小红帽搭讪的大灰狼不是男爵扮演的，而是里米用另一只手操控的普通手偶。

小红帽再次问大灰狼：

"外婆，外婆，为什么你的嘴巴也这么大呢?"

"那是为了一口吃掉你啊——小红帽!"

这时，男爵出场——

"住手，今天你死到临头了!"

这标志着《小红帽》这出手偶剧高潮部分的到来。只见男爵扮作强盗模样，身上披着披风，脸上戴着面纱，头上戴着一顶华丽的丝绸帽。它登台后，里米操控的大灰狼立马跳了起来：

"你该不会是?"

"吾乃守护森林和平的正义贵族，人称'诺贝尔男爵'!"

男爵一甩披风，报上姓名。"诺贝尔"是英语"noble"的谐音，表示"高贵、尊贵"的意思。

小红帽看着男爵惊诧地说道：

"啊! 我在森林里见过你，大灰狼。"

"小红帽，你若按照吾的指点，在花田里再多逗留片刻，就不用受到这般惊吓。不过不用担心，被恶狼掳

去的你的外婆，吾已经帮你平安救出了！"

"小红帽，你没受伤吧？喵。"

小红帽的外婆由西鲁卡扮演。西鲁卡一改之前的小丑装扮，穿了一件老奶奶经常穿的衣服，还戴着围裙。西鲁卡和男爵的服装都是道尔准备的。

顺便说一下，根据西鲁卡的建议，本次《小红帽》手偶剧中将外婆设定为年轻漂亮、曾经还当过偶像的人物。对于这种设定，我也是服了。

"诺贝尔男爵，那我这次不吃小红帽，我要吃了你！"

恶狼孤注一掷，朝男爵扑了过来。

"哼，愚蠢的家伙！那就让你尝尝吾的正义之拳！接招吧，贵族男爵拳——"

"啊啊啊啊啊啊啊啊啊啊啊啊啊啊！"

扮演恶狼的手偶被男爵直接揍下了台。然后，小红帽来到男爵的面前，和外婆一起向男爵道谢。

"诺贝尔男爵，谢谢你救了我们！"

"男爵大人，请一定来喝杯茶，让我略表谢意。喵。"

"道谢就免了，救助平民本是吾身为贵族的职责所在。就此别过，平民们！"

男爵再次潇洒地甩了甩披风，退场了。

最后是我的解说：

"就这样，小红帽顺利地来到外婆家，而诺贝尔男爵继续守护着森林的和平。真是可喜可贺，可喜可贺！"

唉，这根本就不是《小红帽》了嘛。

剧本改完后，男爵的演技突飞猛进，简直令人不敢相信。排练的时候，它也一改之前的模样，演起来活灵活现的。

一换成帅气的角色，干劲立马就来了，男爵这家伙还真是个势利眼。

正式演出前一天，排练结束后，里米跟我们说道：

"明天十一点正式开始演出，所以大家十点先在我家集合，进行最后一次排练，再出发去幼儿园，怎么

样？希望正式演出的时候，我们都可以拼尽全力，为观众献上一场美轮美奂的表演！"

"嗯！"

没想到道尔抢在我前面回答，并且回答得干脆利落。

我大吃一惊，不禁朝道尔看去，只见她的脸上就差将"加油"两个大字写上去了。这么久以来，我还是第一次见她露出这种表情。

回去的路上，福尔摩斯对道尔说道：

"男爵的进步令人称奇，道尔，你也变了不少哦，跟之前完全不一样了。一开始明明那么抵触，现在却已经开始享受演出这件事情了。"

"嗯。不过一直在努力的是男爵和西鲁卡，我其实什么都没做。"

道尔低着头，似乎有些不好意思。

"但是，当里米夸它俩演技好的时候，我就像自己得到了表扬一样，非常开心。在之前的学校，你们的秘密被人发现后，别人总是对我指指点点，或者避而远之，我心里真的好难受。"

原来如此啊。

我这才明白过来。里米一直认为是道尔在操控福尔摩斯它们，总是以一颗平常心对待道尔，道尔的内心因此感到欣喜。所以，她才对明天的正式演出充满了期待。

就在我如此猜测的时候，突然听到有人跟我打招呼：

"哎哟，小俊！"

我吃了一惊，只见一位微微发福的阿姨正在向我招手。这是谁来着？我正纳闷，想起来原来她是明人的妈妈。

我连忙道了声好。

阿姨问我："小俊，你是在为明天的演出排练吗？"

"咦，阿姨，您怎么知道的？"

我明明没有对明人说过啊。

阿姨笑容可掬地说道："你们不是在幼儿园里表演吗，阿姨刚好在那里上班。小俊，你是在初中戏剧社帮

忙吗？”

　　啊，想起来了。明人的妈妈就在那所幼儿园工作。

　　道尔在一边问：“和藤同学，这位阿姨是？”

　　“啊，她是明人的妈妈。就是咱班的宫村明人，你也认识吧？”

　　道尔轻轻地“咦”了一声。

　　接着，我向阿姨介绍道：“她是四月份转到我们班的言问琉香。”

"啊！你就是传说中的那个手偶小达人吧？里米说你比戏剧社的专业演员还要出色呢，一直夸你。我很期待明天你们的演出哦!"

"嗯。"道尔怯生生地回答，并低下了头。

真是拿她没办法，这怕见生人的毛病什么时候能改掉啊?

和阿姨分开之后，道尔不知为什么，时不时地回头看阿姨的背影。

"明人的妈妈有什么问题吗?"

"没、没有，没什么……"

道尔的头摇得像拨浪鼓一样。

我低头看着福尔摩斯："福尔摩斯，你又为什么一直盯着道尔的脸看呢?"

"还不是跟你一样，在为道尔这怕人的毛病发愁嘛。"

说着说着，我们不知不觉来到了分岔路口。我向道尔他们挥手道别。

这时，福尔摩斯突然说道：

"明天就是正式演出，男爵的演技已经无可挑剔，没什么可担心的，现在我最担心的是你。"

"唉，什么意思？不就是念个旁白吗，读一下不就完事了？"

"哎呀呀！小俊你果然没明白。里米性格大大咧咧，你照本宣科地读，她也觉得没关系，但是我实在看不过去呀！"

"那你说到底怎么办？"

我不耐烦地问道，只见福尔摩斯又装腔作势地抱起胳膊。

"这个嘛，首先你回去好好听一下专业的旁白学习学习，打开电视机，总能找到一些有旁白的节目，对吧？你观察一下专业演员的表现，然后想想自己应该怎么读。"

这种意见为什么不趁早提？

我的脸色变得铁青，福尔摩斯却一点儿都不顾及，自顾自地说了下去。

"对了，观察也是侦探活动里极为重要的一环。趁这个机会，小俊，我希望你可以好好培养一下自己的观察力呀！听好了！从细枝末节处观察事物，然后再从蛛丝马迹中慢慢推理出事实真相，这才是侦探的秘诀所在。"

"我们不是在说怎么提高演技吗，怎么又扯到这上面来了？"

亏我还当真了。原来说到最后，它还是在取笑我。

"道尔，拜拜。明天的集合千万别迟到哟！"

"嗯，我知道了。"

不知何时，道尔的声音又变得喑哑下来。不过我并未细想，径直回了家。

演出当天上午九点半，我家的电话突然响了起来。当时我刚看完平时追的剧，正准备收拾出门。

"小俊，找你的！又是那个傲娇的言问！"

姐姐举着话筒朝我喊道。

又是福尔摩斯吧？我边猜边拿起话筒，果然，电话里传来了它清脆的声音。

"哎呀，小俊，不好意思。道尔说她没法直接跟你说，所以又让我来传话啦。"

"什么叫没法直接跟我说，要是迟到的话，直接跟里米……"

"不不不！不是迟到。其实是道尔今天临时有事，没法去参加演出了。我想着这件事还是得通知你，这不打电话过来告诉一声嘛。"

福尔摩斯的语气与平时一般无二，我竟一时没能明白过来它到底在说什么。直到三秒后，我才终于反应过来，歇斯底里地喊道："你说什么?! 怎么回事，道尔感冒了吗?"

"不是的，不过一言难尽呀! 我也劝过，但是道尔完全听不进去。唉，我真是拿她一点办法都没有。"

"现在是说'一点办法都没有'的时候吗? 就像你平时那样，生拉硬拽也要把她带来啊!"

"别瞎说! 总之，小俊，这件事还得拜托你去通知一下里米。就说我们的小红帽和大灰狼在四处闲逛，没法参加演出了。"

福尔摩斯的语气竟没有半分抱歉，我不禁气不打一处来，冲着话筒怒吼道："不要说风凉话! 男爵和西鲁卡都不在的话，这个手偶剧还怎么演啊? 单凭我和里米两个人，能演什么?"

"与其贸然地让你一个外行去操控手偶，还不如让里米一个人来演比较靠谱。对了，小俊，你到时候就扮

个观众吧，起起哄，热热场，怎么样？反正你个子矮，混进幼儿园的观众席里，对你来说根本不在话下。"

"开什么玩笑！你们几个现在在哪儿？"

"抱歉，你这个问题我拒绝回答。你现在赶紧去通知里米，这件事比较重要。剩下的事情就交给你啦！拜拜，小俊！"

我还没来得及再说话，电话就被挂断了。这件事情发生得太突然，我愣了好一会儿，才想起给道尔打回去。但是不知道她的手机是不是关机了，一直打不通。

手机打不通，那只能打她家里的电话了。我立刻去通讯簿上找到她家的电话号码，拨了过去。

这家伙到底想干什么？

我听着电话里的嘟嘟声，不自觉地攥紧了话筒。

"你好，这里是言问家。"

电话那端传来一个大方稳重的声音，大概是道尔的妈妈吧。说起来，这还是我第一次往她家里打电话呢。

"您好，我是道尔——啊，不对，我是言问的同班同学，我叫和藤俊。"

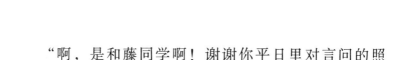

"啊，是和藤同学啊！谢谢你平日里对言问的照顾。"

道尔的妈妈从容优雅地说道，听语气好像早就认识我了，多半是道尔告诉的吧。不过，现在重要的不是这个。

"那个，言问同学在家吗？"

"琉香刚刚出门，你找她有事吗？"

完了！

我不禁皱起眉头。本来想着如果她还在家的话，我现在立刻赶过去，想办法把她拽到演出现场的。

我正打算把情况跟道尔的妈妈说一下，询问道尔有可能去的地方，没想到对方却问：

"今天琉香和你一起去幼儿园演出，对吗？谢谢你能和琉香做朋友呀！她的性格比较内向，而且又有点不合群，我一直担心她在新学校交不到朋友呢。看到她能交到你这么好的朋友，阿姨真的很开心。"

听完这些话，我开始犹豫到底要不要把事实告诉她。就在我不知当讲不当讲的时候，突然意识到一

件事。

"朋友？言问说我是她的朋友吗？"

"是的呀，每次说起你，她总是笑嘻嘻的。"

我一时间竟不知该说什么了。我一直以为是因为福尔摩斯擅自做主让我当助手，道尔才迫不得已和我一起行动。我一直以为她不信任我。

原来，道尔已经把我当成她的朋友了啊。

"是不是演出出了什么急事，需要联系她呀？要不要我把她的手机号告诉你？"

"啊，不、不是的。我就是担心她睡过头了。"

"原来是担心她呀。放心吧，琉香不会迟到的。今天早上我看她脸色不太好，应该是因为马上要登台太紧张了吧。"

"这样啊。那阿姨再见，我也要出门了。"

"嗯，和藤同学早点去吧。下次到家里来玩哦！"

道尔的妈妈和蔼可亲地回答道，我便挂了电话。

之后，我坐在电话机前陷入了沉思。道尔为什么在正式演出当天退出呢？昨天排练结束后，她还一副干劲十足的样子呢，那之后究竟发生了什么？

　　啊，对了！十有八九是因为那件事。真是的！为了那点小事，就放弃了自己满心期待的演出，值得吗？而且也不跟我商量一下。

　　我从房间里拿出写着里米电话号码的笔记本，给里米打了电话。我刚说完，就听到里米惊慌失措的声音。

　　"唉——?！这可怎么办？小道尔是说让我和小俊俊两个人来演吗？"

　　"不是，她说让里米你一个人演，我负责假扮观众，搞活气氛。"

　　"一个人恐怕不行啊！说到底，我也只有两只手啊！呃，我们说服不了小道尔吗？"

　　里米的声音听上去十分为难的样子。

　　我在心里暗暗下定决心，斩钉截铁地说道："我去找道尔，然后说服她！"

　　"啊？小俊俊，你有线索吗？你知道小道尔去哪儿了？"

　　"没有，不过我一定会找到她的！"

　　我知道我这是在胡来，但是我更加知道，如果我现在放弃找她的话，将来一定会后悔。

　　"好的！那我也到处去找找，说不定能找着她呢。不过不管怎样，不能中止今天的演出，我们设个最后期限吧，就定正式演出开始三十分钟前，也就是十点半。十点半的时候，不管怎样，小俊俊你一定要给我回电话啊。"

　　"收到！"

　　我放下电话，直接冲出了家门。距离正式演出开始只剩下一个小时多一点，我没有时间磨蹭了。

　　手偶侦探团助手和藤俊，调查开始！

　　我狠命地蹬着自行车，在街上四处寻找。

　　我去了学校的操场，附近的书店、图书馆、游戏机房，但是哪儿都不见道尔的踪影。其实说起来，我压根儿不知道道尔平常都去些什么地方。

我甚至去了之前破案的那个小公园，依旧没有发现道尔。我把自行车停在公园前面，感到前所未有的茫然。

我突然想起来，第一次与福尔摩斯他们认识的时候也是现在这种感觉。那次，幸好有男爵、西鲁卡的超能力，以及福尔摩斯的推理，我才顺利找回丢失的莉莉香。那么这一次，换我去寻找他们吧，而且我必须要找到他们！

但是，怎么找呢？

如果男爵在的话，一闻气味便能知道道尔的行踪。现在凭我区区一个助手，没有任何线索和头绪，想找到道尔简直是痴人说梦。

想到这里，我不禁咬紧嘴唇，攥紧了自行车把手。这时，脚边响起了熟悉的猫叫声。

"你是布奇！"

乖乖地坐在地上抬头看着我的，正是西鲁卡的铁粉——情报通布奇。

这家伙说不定在哪里看到过道尔呢？遗憾的是懂猫

语的西鲁卡现在不在。不过，我见过好几次西鲁卡和小猫们讲话的场景，说不定可以模仿一二呢。

于是我连忙蹲在布奇面前，使尽浑身解数，学着西鲁卡的样子和它搭话。

"喵喵喵喵喵、喵喵喵！"

我想问它有没有在哪里见过道尔，可布奇只是一脸不可思议地看着我。也是，跨物种的沟通，哪是这么轻易就能成功的。但是，我不愿就此放弃，又试着重新问了一遍：

"喵喵喵喵喵、喵喵喵！"

"喵！"

似乎是说自己听明白了，布奇开始飞奔起来。

"真的假的？布奇，你真的听懂了吗？"

我半信半疑，抛下自行车追了上去。穿过一条狭窄的小道，布奇带我来到附近的一个垃圾场。只见它前脚踩着那些被扔掉的鱼罐头，得意扬扬地"喵"了一声。

我瞬间像泄了气的皮球一般，肩膀也耷拉了下来。

"受不了了！我要怎么说，你才明白啊？"

在我跟着布奇一通乱跑的时候，时间无情地飞逝而去。

到底应该怎么办，真的没有一点线索吗？福尔摩斯居然说什么"我们的小红帽和大灰狼在四处闲逛"，简直莫名其妙。好歹给点线索呀！

我不禁在心里暗暗吐槽，但是下一秒，满心的埋怨便被疑惑代替。

不对，福尔摩斯为什么突然说得如此弯弯绕绕呢？

如果要通知里米的话，直接说道尔有事来不了，不

就结了？为何留下那样让人百思不得其解的口信呢？

这时，我的脑子里突然回想起昨天回家路上福尔摩斯说的话。

"趁这个机会，小俊，我希望你可以好好培养一下自己的观察力呀！听好了！从细枝末节处观察事物，然后再从蛛丝马迹中慢慢推理出事实真相，这才是侦探的秘诀所在！"

难道说当时福尔摩斯就已经预测到，正式演出的时候道尔可能会临阵脱逃？而且，那个时候它也许就已经知道道尔会让它给我打电话。对于拥有超强推理能力的福尔摩斯来说，在昨晚回家路上发觉道尔的异常，然后做出这些判断，根本不足为奇。

这样的话，福尔摩斯关于观察力的话一定暗含了给我的某些线索。

"从蛛丝马迹中慢慢推理出事实真相。"

也就是说，它让我留心细枝末节，看看有哪些不通情理的地方，那其中就藏着线索，然后根据这些线索去找到道尔。福尔摩斯想告诉我的一定就是这些！

"剩下的事情就交给你啦！小俊！"

福尔摩斯的声音在我的耳边再次响起。

真是，什么叫剩下的就交给我了？要是我根本没参透个中玄机，又或者，我压根儿没想去找道尔，看你怎么办！拜托可不可以不要这么铤而走险，你自己直接说服道尔不就行了？

"真是的！这可不是一个助手的活。"

我一边生气地抱怨，一边使劲抑制住上扬的嘴角。原来福尔摩斯依赖着我呢！我打心底里感到高兴，无法言说地开心！

福尔摩斯，你的讯息我收到了！

我发誓我一定要找到道尔。并且，在那之后，我要好好跟福尔摩斯发发牢骚，告诉它不要把侦探该做的工作推给助手。

我重振精神，然后飞速地转动脑筋。福尔摩斯留下的线索一定就藏在"我们的小红帽和大灰狼在四处闲逛"这句莫名其妙的话里。这句话里究竟暗藏着怎样的玄机呢？

小红帽，应该说的是道尔。道尔平时总是戴着褐色的格纹帽，难不成今天她戴了一顶红色帽子？

不，光凭这点线索怎么可能找到道尔。那还有什么疑点呢？

"我们的小红帽和大灰狼在四处闲逛，我们的小红帽和大灰狼在四处闲逛……"

闲逛——我突然灵光一闪，对了！绘本里，小红帽闲逛的地方是花田！

正在梳毛的布奇被我吓了一大跳，惊慌地抬头看我。我早已顾不上它，赶紧往停在公园里的自行车跑过去。

说到花田，我脑子里第一个蹦出来的就是川原的广场，那里有一个大花坛。

但是，我在广场里转了一圈，把那里所有能藏人的地方都找了一遍，却没有发现道尔的踪影。

我站在广场正中间的花坛前，渐渐慌了起来。难道我的推理是错的？应该没错。只是把这个花坛叫作花田确实有点勉强。

那么除了这里，还有什么地方有花田呢？山之公园里的那个应该不是；主题公园里倒是有一片花田，不过开车过去要一小时，我觉得道尔肯定不会千里迢迢地躲到那里去。

或许，福尔摩斯想说的其实不是花田，只是与花有关的地方？如果是这样的话，那也太多了。这附近就有

好几个花店，车站附近的商场招牌上还画着樱花，还有一家以花的名字命名的便利店。可疑的地方太多，如果全部查看一遍的话，天都黑了。

福尔摩斯说的其他话里会不会有什么错漏的线索呢？对了，当时福尔摩斯啰里啰唆，反复强调一定要我将话转告给里米。虽然不知道这里面会不会藏着线索，总之先给里米打个电话试试吧。

时间快到十点半，也就是里米说的最后期限。我用附近的公用电话拨通了里米的手机。

"小俊俊吗，你找到小道尔啦?!"

"还没有。里米，我有件事想问你。"

于是，我将福尔摩斯的话原原本本转达给里米，问她有没有觉察出异常。这其中，我隐藏了福尔摩斯给我打电话的部分。

"这样啊。我也觉得'小红帽和大灰狼在四处闲逛'这句话有点可疑，但我能想到的也只有花田。"

"那除了这些外，有没有其他地方有异常呢？"

"除了这句口信之外，小道尔还说了什么?"

　　我在脑子里努力地回忆着福尔摩斯说的所有话：道尔有事无法出席；告知里米小红帽和大灰狼正在闲逛的事情；正式演出的时候，不用我上台，让里米一个人独自完成……

　　"对了，就是这句。她说等正式演出的时候让我一个人上台，小俊俊只要扮作托儿就可以了。这句话实在不像小道尔平时的说话风格呢。"

　　"托儿？"

　　我眉头紧蹙，不由反问道。

　　托儿又是什么？福尔摩斯可没跟我说过这个！再说了，《小红帽》里根本没有这个角色啊。

　　正当我百思不得其解的时候，里米解释道：

　　"小俊俊，你不知道吗？托儿就是扮作观众营造气氛的人。"

　　啊，原来是这个！

　　我一个急转身，透过电话亭，首先看到的便是商场楼顶上画着樱花的大招牌——托儿，它在日语里的发音和"樱花"相同！原来，福尔摩斯用谐音向我传达了道

尔藏身之所的信息。没错，道尔一定就在那里！

"里米，我知道了！我知道道尔在哪儿了！你先去幼儿园吧，我一定会在演出之前，把道尔毫发无损地给你带过去！"

我大声地保证，然后便如离弦的箭一般飞奔出电话亭。

这次，请一定要让我找到道尔！

我一边在心里这样默默祈求着，一边狂蹬自行车，飞奔向车站附近的商场。

到达商场时，时间早已过了十点半。如果这里也找不着的话，就赶不上演出了。

求你了，道尔，一定要在这里！

我一边祈求，一边从自行车上下来。就在这时，对面的自动门开了，走出来的人正是道尔。只是此刻的她，浑身散发着阴郁呆滞的气息。

"道尔！"

道尔听到我的声音大吃一惊，下意识地回头看了过来，随即又转过身跑了。我愣了片刻，这才拼尽全力追了上去："喂！等等！"

短跑是我的强项，而道尔却是个运动白痴。她逃到一条小路上，我毫不犹豫地追了上去，紧紧地抓住了她的手。

道尔万念俱灰一般，放弃了挣扎，只是一脸惊恐地

回头看我。道尔的手上并没有戴着手偶。

"你怎么知道我在这儿的？"

"福尔摩斯在电话中说的时候，用计谋悄悄告诉了我你所在位置的线索。"

道尔吃惊地看向装着福尔摩斯的书包。

我松开抓着道尔的手，生气地问道尔：

"你到底想干吗？明明昨天还干劲十足，却在这种

时候临阵脱逃！"

　　道尔立刻垂下头。若是以前，她一定会小心翼翼地连声道歉，这次居然破天荒地回话了：

　　"和藤同学，你不会懂的！你不会懂我为什么到现在却打退堂鼓的。"

　　"别瞎做结论。这点小事儿，我还能不知道？"

　　道尔"咦"了一声，看向我，一副完全无法置信的

表情。

这家伙真是，是觉得我很迟钝吗？

"是因为昨天回家路上碰到明人的妈妈了吧？你是不是在担心，她看到台上的男爵和西鲁卡之后，回家告诉明人，那你和福尔摩斯它们的秘密就会被学校里的人知道？"

根本用不着推理，看平时的道尔便知道。为了保住福尔摩斯它们的秘密，她无时无刻不在严阵以待。

估计是没想到我真的猜中了吧，道尔直勾勾地看着我。过了一会儿，她略带僵硬地点了点头，小声地辩解道：

"你是不是觉得我想得太多了？可是，我就是害怕，害怕得不行。我知道这样会给里米以及和藤同学带来很大麻烦，但是我真的不想再经历在之前学校里的噩梦了。"

道尔再次低下头去。我胡乱地抓了抓头发，然后给道尔打气：

"明人妈妈的事情交给我好了，我来搞定！我会叮嘱她不要告诉明人的。如果明人最后还是知道了，我也会去让他闭嘴的。即使最后的最后，你的秘密还是被发现了，你放心，到时候我一定会保护你的！你稍微信任一下我，好吗？"

"我也想……"

道尔就这样低着头，仿佛使出了全身力气，一字一句地说道：

"我也想相信你。但是在之前的学校，当福尔摩斯它们的秘密被发现后，就连我平时最好的朋友都开始用异样的眼光看待我，没有一个人站出来为我说话。所以和藤同学，虽然我很想相信你，但是我更害怕……"

道尔几乎要哭出来了。

我不知道道尔在转学之前的学校里究竟经历过什么，只是从她哽咽的声音中也能猜出一二，那一定是痛苦不堪的回忆。然而不管怎样，不能因此就放弃啊！

我想起昨天排练结束后道尔的侧脸，当时她那干脆利落的回答里蕴藏着对正式演出的热烈期待。是的！道尔是想完成这次的演出的！

我斩钉截铁地对道尔说：

"那些人冷血无情，但跟我没有半毛钱的关系！"

道尔目瞪口呆，抬起头来看着我。

我用大拇指指着自己的胸口，继续说：

"我是手偶侦探团的助手。你之前学校的朋友如何我管不着，但是我跟他们不一样，我才不会像他们一样薄情寡义。侦探团的助手保护侦探团的成员，难道不是理所应当的吗？"

道尔吃了一惊，直愣愣地盯着我看。

话刚出口，我突然害羞起来，似乎说了什么不好意思的话呢。我有点难为情地将视线从道尔身上移开，然后故作粗鲁地继续说道：

"要是你实在不愿意的话，那就算了，我可不想强迫你。对了，这件事你跟男爵说了吗？他可是相当中意'诺贝尔男爵'那个角色的哦！"

"男爵……"

道尔战战兢兢地把手伸向包里。男爵看见我后，似乎有些混乱。

"公主大人，这是怎么一回事？不是已经决定不去参加演出了吗，为何助手在这里？"

"喂，男爵！你说实话，今天的演出不去真的好吗？"

男爵立刻又变回一贯的倨傲口吻，说道：

"哼！愚蠢的助手！吾之心愿自然是实现公主大人的心愿！如果公主大人不想去的话……"

"我是在问你，你自己真正的想法！"

我一动不动地盯着男爵。男爵一瞬间竟说不出话来，下一秒，它恶狠狠地瞪着我，吼道：

"不要让吾做无用的重复！吾乃高贵无比的狼之贵族，一般平民的戏剧而已，吾才不会有半分留恋！"

我猜如果现在让福尔摩斯听一听，肯定能立刻分辨出男爵在说谎。什么无半分留恋，当时排练的时候明明一副跃跃欲试的样子。

于是，我也不说话，只是一个劲儿地盯着男爵看。不一会儿，男爵微微移开了视线。

"吾自然没有留恋，只是难得公主大人亲手为吾制作一次演出服，有点不舍。不过，这也是没有办法的事。"

男爵一边说，一边犹犹豫豫地看着道尔。看那样子，我就知道它内心恨不得自己现在马上长腿飞奔过去。

"男爵……"

道尔小声地沉吟，然后转头看向我。

"别犹豫了，里米还在幼儿园等着你呢！"

我向道尔伸出手。道尔犹豫了片刻，最终小心地、慢慢地，却坚定地握住了我的手。

"诺贝尔男爵"一角深受幼儿园小朋友的喜爱，收

获了众多好评。

演出结束后，我们坐在幼儿园内的长椅上等里米。这时，一群小朋友在父母的陪伴下，纷纷跑上来与男爵搭话。

"诺贝尔男爵，你好呀！"

"男爵，再来玩哦！"

"嗯，孩子们，回家路上注意安全。"

男爵依然是一副诺贝尔男爵的装扮，声音里充满了满足感。相比之下，西鲁卡反而无比落寞。

"喵呜——！为什么大家都只喜欢男爵？幼儿园的小朋友们难道丝毫没有感受到西鲁卡的魅力吗？喵！"

"这个……毕竟他们不是猫嘛。再说了，你就在最后稍微露了个脸而已啊。"

听我这么说，西鲁卡气不过，缩回到书包里去了。

身旁的道尔看上去疲惫不堪。之前她还说她的紧张是被男爵传染的，其实紧张的是她自己。明明只是安静地躲在舞台后面，却比场上任何一个人都要僵硬。道尔果然就是易紧张体质呀！

我正在唏嘘，耳边传来福尔摩斯的声音。

"演出完美落幕了呢。果然选择相信你是正确的，小俊。"

我被吓了一跳，看向道尔的左手，只见福尔摩斯不知何时已取代了西鲁卡的位置。我俯视着它的脸，问道：

"相信？你是说相信我会发现你留下的线索，根据线索找到道尔吗？"

"说实话，其实我这心里也是七上八下的，着实不放心哪。虽然我已经尽可能地将线索说得简明易懂，不过，咱们相处也有些日子了，我知道你不是一般的迟钝。"

哈，我这么迟钝，真是对不住啦！

听完福尔摩斯的话，我差点就从椅子上摔下去。我正准备跟它好好理论一番，福尔摩斯接着说道：

"我说的相信，是相信你可以说服道尔。"

哈哈，听福尔摩斯这样说，我很高兴，不过不能被它看出来，我故作胡搅蛮缠，抱怨道：

"要是一开始你们就好好说服道尔，我也不用东奔西走了。再说，要说服道尔的话，不是还有里米吗？"

"里米不行，当然，我们也不行。"

福尔摩斯的语气透出少有的认真。我及时地闭上了嘴巴。

"能够消除道尔的不安的，唯有即使知道我们的秘密也愿意一直陪伴左右的人。这个人要陪在道尔的身边，与她站在同一战线上。所以，手偶侦探团需要你，小俊！我很高兴来到这座小镇，遇到你这样的助手！"

福尔摩斯抬头看着我，一本正经地说道。它的脸上完全没有平常戏弄我时的样子。

我一时呆在了原地。福尔摩斯说的话全在意料之外，我不知道应该怎么回复，只能呆呆地看着它。我的胸口仿佛有一股暖流流过，变得滚烫。

"所以从今以后，也请多多关照手偶侦探团哦，华生先生！"

等我回过神来，才发现道尔正对着我笑，笑容如冬日的阳光一般温暖。我的心怦怦地跳个不停，只好把头

扭向一边，别扭地说了声："哦。"

这时，和幼儿园老师聊完天的里米从办公室走出来，冲我们打招呼。

"嗨，久等啦！这次多谢你们帮忙。我决定中午请你们吃大餐，以示感谢！牛排或者蛋糕都行哦，想吃什么尽管说！"

"真的假的？太好啦，道尔快走！"

"啊，好、好的！"

我立即站了起来，拉着道尔一起向里米跑去。

幼儿园内传来阵阵蝉鸣声，阴雨绵绵的梅雨季节已经接近尾声。头顶是一碧如洗的天空，朵朵云彩如柔软的奶油一般。

那么，今天午餐的甜点就定奶油蛋糕吧！

（第二部完）

Puppet Tanteidan wo Yoroshiku!

Text copyright ⓒ 2013 by Kazusa Kisaragi

Illustrations copyright ⓒ 2013 by Sho Shibamoto

First published in Japan in 2013 by KAISEI-SHA Publishing Co., Ltd., Tokyo

Simplified Chinese translation rights arranged with KAISEI-SHA Publishing Co., Ltd.

through Japan Foreign-Rights Centre/ Bardon-Chinese Media Agency

版权合同登记号：图字：11-2018-307 号

图书在版编目（CIP）数据

手偶侦探团 2：百变舞台剧 / （日）如月和佐著；（日）柴本翔绘；王莹译. —杭州：浙江文艺出版社，2020.2

ISBN 978-7-5339-5942-5

Ⅰ.①手… Ⅱ.①如… ②柴… ③王… Ⅲ.①儿童小说—侦探小说—日本—现代 Ⅳ.①I313.84

中国版本图书馆 CIP 数据核字（2019）第 294187 号

手偶侦探团 2：百变舞台剧

作　　者：〔日〕如月和佐
插　　图：〔日〕柴本翔
译　　者：王　莹
责任编辑：邵　劼　周　易
封面设计：徐然然
出版发行：浙江文艺出版社
地　　址：杭州市体育场路 347 号
邮　　编：310006
网　　址：www.zjwycbs.cn
经　　销：浙江省新华书店集团有限公司
制　　版：杭州天一图文制作有限公司
印　　刷：浙江超能印业有限公司
开　　本：880 毫米×1230 毫米　1/32
字　　数：82 千字
印　　张：5.625
版　　次：2020 年 2 月第 1 版
印　　次：2020 年 2 月第 1 次印刷
书　　号：ISBN 978-7-5339-5942-5
定　　价：**28.00 元**

（如有印、装质量问题，请寄承印单位调换）